«MOTS»

Collection dirigée par Paul Fournel

DU MÊME AUTEUR

Aux Éditions Ramsay
Gaspard de Besse, 1986
(Bourse Goncourt du récit historique 1987).
Nouvelles des Enchanteurs, 1988.

Aux Éditions Seghers
La Cinquantaine à Saint-Quentin, 1989.

JACQUES BENS

NOUVELLES DÉSENCHANTÉES

SEGHERS

ISBN 2-232-10263-7

Ce recueil prolonge les *Nouvelles des Enchanteurs*
parues aux éditions Ramsay,
dans la collection « Mots » en 1988

LE VIOLONCELLISTE AMOUREUX

Si vous avez décidé (je m'adresse ici aux hommes) d'être musicien afin de draguer vos admiratrices, ne choisissez pas de jouer du violoncelle. Le violoncelle est un instrument fragile et encombrant, dont on ne sait quoi faire à la fin du concert. Le temps que vous l'ayez douillettement enveloppé dans ses langes, introduit entre les sièges arrière et les dossiers avant d'un taxi, puis mis sous clé dans votre chambre d'hôtel, et vos groupies pâmées auront repris leurs esprits ou seront parties avec le chef d'orchestre. Je parle d'expérience, et de mélancolie.

Mais je n'aurais peut-être pas dû commencer par là.

Vers la fin de ses années vingt, Benjamin Chermizy qui, effectivement, jouait du violoncelle à ses heures, avait pour ami un physicien spécialisé dans la difficile question de l'espace et du temps. Certains des collègues de ce dernier affirmaient même, sous le sceau du secret, qu'il avait mis au point un appareil permettant de se déplacer, avec tous ses bagages, à travers une dimension *qu'il savait*. Il suffisait (prétendaient ces gens) de choisir, au moyen des différents cadrans, une date et un lieu, le tout étalonné sur le méridien de Greenwich, et d'appuyer sur un bouton nickelé, pour être rendu illico à la destination souhaitée. Les gens de bien haussaient les épaules, comme vous et moi. Aux questions qu'on lui posait, le physicien ne répondait ni oui ni non, ce qui le faisait tenir pour un esprit profond par les uns, pour un farceur par les autres.

Benjamin n'avait aucune opinion sur le sujet, parce qu'il venait de tomber amoureux d'une délicieuse personne, et que cet événement le préoccupait entièrement, nuit et jour.

Ladite personne s'appelait Isabelle, comme une héroïne d'Anouilh ou de Marivaux, dont elle possédait aussi la blondeur, la grâce et le caractère résolu. Au moment où cette histoire commence, elle n'était point encore tombée sous le charme de Benjamin, et rien ne semblait devoir la faire changer rapidement d'avis. Il est vrai que le jeune homme, répétiteur dans un collège de la ville, avec ses cheveux en broussaille, ses lunettes d'acier, ses gestes maladroits et son léger défaut de langue, ne pouvait guère rivaliser avec les muguets du Café de la Régence dans la conquête des demoiselles. Non qu'Isabelle fût réellement sensible aux roucoulements sans consistance de ces derniers : elle avait suffisamment de jugeote pour les estimer à leur poids véritable. Mais elle était aussi de celles qui disent volontiers : « Étonnez-moi. » Et, pour l'instant, la surprise ne se trouvait pas du côté de Benjamin.

Un soir de printemps, le répétiteur dînait tristement avec son ami Léonce, le physicien, et lui faisait part de son désarroi.

— Je comprends, disait-il, que je ne l'intéresse pas. Je ne possède rien de remarquable. Rien ne permet à Isabelle de me distinguer de la masse de ses admirateurs. Sauf peut-être cette façon que j'ai de prononcer les h aspirés. Mais ce n'est pas un atout sérieux.

— Elle en a tant que ça, d'admirateurs ?

— Non : cinq ou six, je présume. Peut-être davantage, au fond, je ne sais pas.

— Et ils sont si brillants ?

— Plus que moi, en tout cas : plus fortunés, plus disponibles, plus sportifs, plus loquaces.

— Halte ! coupa Léonce. N'en dis pas plus !

— Mais je le pense vraiment !

— Hé bien, pense à autre chose !

Benjamin avala une bouchée de jambon de Parme en soupirant, ce qui le fit tousser.

— Je voudrais bien, haleta-t-il.

— Il faudrait que tu accomplisses quelque action d'éclat aux yeux de cette jeune fille.

— Oui, mais comment ?

— N'est-elle donc pas sensible à tes talents musicaux ? Elle n'aime pas le violoncelle ?

— Je crois qu'elle s'en fiche un peu.

— On pourrait, reprit Léonce rêveusement, essayer d'attirer son attention d'une manière imprévue.

— Imprévue ?

— J'ai peut-être une idée. Tu connais son adresse ?

— Oui, dit Benjamin. Elle habite avec sa mère, laquelle est divorcée, à l'autre bout de la ville, dans le quartier des Taillades, une maison avec un jardin.

— Tu y es déjà allé ?

— Je... je... Il m'est arrivé de... de passer à proximité. Par hasard.

— D'accord. Laisse-moi réfléchir jusqu'à demain, conclut Léonce. Je crois que j'aurai une suggestion à te faire.

Il ne voulut pas en dire davantage. Quand les deux amis se quittèrent, un peu plus tard, l'amoureux était songeur.

Deux jours plus tard, le jeune physicien convoquait son ami dans son laboratoire.

— As-tu déjà, demanda-t-il, entendu parler de ma machine à traverser les murs ?

— Quels murs ?

— Tous les murs : de brique et de carton, d'attente et d'éloignement.

— Bien sûr. Tous tes collègues en parlent à mi-voix, sans trop savoir de quoi ils parlent, si j'ai bien compris.

— Tu as bien compris : c'est parce que je n'en parle jamais moi-même. Pourtant, elle existe vraiment.

— Vraiment ? insista Benjamin en haussant les sourcils.

— Tu vas en avoir la preuve, si tu veux bien venir jusqu'à mon laboratoire.

— Et comment, que je veux !

— Je te demanderai seulement, reprit Léonce, de n'en rien dire à personne.

— C'est juré.

— Même à Isabelle ?

— Bof, dit Benjamin tristement. Tu sais bien qu'elle ne m'adresse presque jamais la parole.

— Les choses vont peut-être changer. Allons-y.

Ils y allèrent. Le laboratoire de Léonce était installé dans un ancien atelier d'imprimerie. Des essais d'encres de diverses couleurs constellaient encore le plâtre des cloisons, leur donnant un aspect bohème qui contrastait avec la rigueur chromée des rares meubles et des nombreux appareillages.

Dans la pièce principale, que fermait une porte blindée à triple verrou et qu'aucune fenêtre n'éclairait, une machine singulière trônait, placée à peu près au centre, disons plutôt vers le fond. Nous n'essaierons pas de la décrire — d'ailleurs nous nous sommes engagé à ne pas le faire. On nous a seulement autorisé à dire qu'elle ressemblait à une sorte de chaise à porteurs, sans les porteurs, c'est-à-dire sans brancards, avec des montants de duralumin (sauf erreur) et des parois de verre. A l'intérieur, on pouvait distinguer un siège étroit, entouré d'une quantité impressionnante d'aiguilles, de boutons, de cadrans, de leviers, de manettes, de poussoirs et de volants dont l'utilité n'apparaissait aucunement au visiteur inopiné.

Devant cette chose froide et vaguement

hostile, comme peuvent l'être les appareils de forage et les instruments de chirurgie, Benjamin resta d'abord sans voix.

— Hé bien, murmura-t-il enfin.

— N'est-ce pas ? répondit Léonce, enchanté.

— Voilà donc l'objet ?

— Le voilà.

— Et... tu prétends que tu te promènes *vraiment* dans l'espace et le temps au moyen de cette machine ?

— Parfaitement. Mais pas très loin : quelques hectomètres dans une dimension, quelques heures dans l'autre.

— Si je comprends bien, dit Benjamin, pour l'instant, cela ne présente pas un intérêt pratique considérable.

— Pas considérable ? Que dis-tu là ! La liste de tout ce que l'on peut faire en se déplaçant de cinq cents mètres et du matin au soir ne tiendrait pas dans un volume de la Pléiade !

— Peut-être.

— Pas peut-être, insista l'inventeur : j'ai fait le calcul, tu peux me croire ! Peu importe, d'ailleurs, car tu vas lui trouver un intérêt pratique certain, à ma machine, toi.

— Explique.

— Par exemple, je peux t'expédier en un clin d'œil dans le jardin de ton Isabelle.

— Je peux tout aussi bien m'y rendre à pied, ce n'est pas si loin.

— Mais, cré bon sang, cela n'a rien à voir ! Si tu apparais brusquement devant elle, tu ne crois pas que tu causeras une surprise d'une qualité, heu, supérieure ?

— Je vois, murmura Benjamin.

— Il serait temps.

— En fait, non, je ne vois pas du tout. Parce que, une supposition que je me retrouve sans prévenir, comme tu l'envisages, dans le jardin d'Isabelle, hein ? D'abord rien ne prouve qu'elle sera là pour me contempler. Ensuite, que veux-tu que ça lui fasse comme effet, à Isabelle, de me découvrir soudain sous ses fenêtres, les mains dans les poches, avec mon air idiot habituel ?

— Mon cher Benjamin, dit affectueusement Léonce, rien ne t'oblige à conserver ton air idiot, tu peux faire un effort. Mais, puisqu'il faut tout t'expliquer, allons-y. Ta dulcinée du Taillado ne te découvrira nullement comme tu le dis, mais resplendissant dans un habit de lumière, environné d'une auréole, et ton violoncelle vocalisant entre tes bras !

On discuta quelques points de détail : l'auréole était évidemment une vue (poétique) de l'esprit, l'habit de lumière paraissait excessif. On se mit finalement d'accord sur un vêtement de simple coton blanc. On remplaça la chaise, considérée comme trop prosaïque, par un escabeau de sept marches, en aluminium anodisé.

Fallut ensuite choisir la date. Ou plutôt, les dates : celle du départ et celle de l'arrivée. En fait, les deux amis convinrent qu'elles pouvaient parfaitement coïncider car, si l'opération préparée par Léonce conduisait Benjamin à se projeter dans l'espace, rien ne l'obligeait à se déplacer dans le temps.

Le soir même, aux Galeries Champenoises, le jeune répétiteur trouva le costume (pantalon façon jin et blouson droit) de coutil blanc dont il avait envie. Des chaussures d'un cuir également immaculé, une cravate et des chaussettes rouges complétèrent harmonieusement, du moins le pensait-il, cette sorte de « tenue de scène ».

Le samedi qui suivit, un peu avant neuf heures du matin, Benjamin s'installa, son violoncelle entre les bras, sur l'escabeau d'aluminium, à l'intérieur de la chaise à porteurs dont Léonce avait dévissé le siège. Il vit son ami lui sourire à travers la vitre et appuya bravement sur le bouton marqué « Départ ».

Instantanément, il se retrouva au soleil, toujours sur son escabeau, toujours avec son violoncelle, dans un petit jardin couvert d'herbes folles, où poussaient quelques arbres indisciplinés. Une maison modeste s'élevait à dix mètres de lui, enduite de crépi crème et pourvue de volets délabrés.

Sans chercher à revenir de son ahurissement, Benjamin saisit bravement son instrument et entama la partie de violoncelle de l'adagio de l'opus 100 de Schubert : *Sol, Sol, La-Si-Do, Si-La-Sol, Mi, Si, La-Si-Do*, et ainsi de suite. Une œuvre admirable, d'ailleurs.

A la onzième mesure, une fenêtre s'ouvrit bruyamment au premier étage de la maison, et une voix bourrue s'écria :

— Dites donc, vous ! Voulez-vous me dire ce que vous faites dans mon jardin ?

Consterné, Benjamin pensa tout à la fois : « En voilà une question stupide ! » et : « Léonce s'est trompé de destination. »

Pris de court, il poursuivit sa prestation solitaire, comme si de rien n'était. Quelques secondes plus tard, il entendit la fenêtre se refermer. Alors, il soupira un grand coup, saisit la petite boîte noire fixée à sa ceinture et appuya sur le bouton « Retour ».

Le physicien fut surpris de le revoir si vite. Il admit que l'établissement des trajectoires spatio-temporelles de sa machine avait encore besoin d'ajustements. Il s'étonna toutefois du défaitisme de Benjamin : il aurait dû, nom d'un chien ! franchir la haie mitoyenne, investir le jardin voisin et surprendre la demoiselle afin de la conquérir haut la main !

L'aventurier manqué, penaud, baissa le nez.

On ne sait pas encore comment cette histoire s'achèvera. Isabelle est probablement une de ces pécores prétentieuses qui finissent par épouser des fils de famille sans consistance. Ce qui pourrait arriver de mieux à Benjamin, c'est de l'abandonner à ses muscadins et de chercher ailleurs (je connais quelqu'un, dans la ville voisine, qui ferait très bien son affaire : institutrice, orpheline et militante à Amnesty International. Un peu maigre, peut-être).

Mais je crains qu'il ne s'obstine longtemps, le violoncelliste amateur : il y a des tempéraments d'artiste, comme cela, qui ne se sentent vraiment vivre que dans le trouble et la déréliction.

LE MOUVEMENT PERPÉTUEL

Il y avait, rue Fortia, à Marseille, un marchand de poissons qui s'appelait Barthélémy et qui avait inventé le mouvement perpétuel. Cela ne lui était pas venu tout seul. Depuis son adolescence, il cherchait une solution à ce problème ancien.

Il avait construit, de ses mains, un grand nombre de modèles, en utilisant les techniques et les matériaux les plus variés : bois, fer, laiton, soie, cristal, chaînes, poulies, engrenages et bascules. Rien n'y faisait : quelques minutes ou quelques heures après l'impulsion initiale, son système s'arrêtait inexorablement.

Au bout de trois ans d'une union que son amour de la mécanique rendait orageuse, Adèle, son épouse, partit en ravalant ses larmes et se mit en ménage avec un tripier du cours D'Estienne-d'Orves qui sut faire son bonheur.

Un matin d'avril, en ouvrant des oursins pour une vieille cliente, fleuriste rue Venture, le poissonnier resta soudain bouche bée, un oursin d'une main et ses ciseaux de l'autre.

— Que vous arrive-t-il, Barthélémy ? demanda la dame. Vous ne vous sentez pas bien ?

Le poissonnier ne répondit pas directement. Il se tourna vers son commis :

— Tiens, Victorin, finis les oursins de Mme Lieutaud. J'ai une course urgente que j'avais oubliée.

Il essuya ses mains sur son tablier, ramassa ses lunettes sur le comptoir et grimpa jusqu'au premier étage où se trouvait son appartement.

Au milieu de l'ancien salon, dont il avait fait son atelier depuis qu'Adèle était partie, sur un bâti métallique d'un pied de haut, s'élevait une prodigieuse mécanique, qui devait bien mesurer, hors tout, deux mètres sur trois.

Barthélémy réfléchit quelques secondes en plissant le front, saisit un tournevis dans le tiroir du buffet, serra ici, desserra là, puis lança d'un poignet désabusé le pesant volant de fonte. Tout s'anima subitement, presque sans bruit, dans un cliquetis froufroutant et cuivré. Le constructeur contempla un moment son œuvre en mouvement, puis soupira et descendit retrouver ses échinodermes, ses favouilles et ses lamellibranches.

Le soir, la machine ronronnait encore. Le lendemain matin, elle tournait toujours.

En buvant son café, debout près du réchaud à gaz, selon son habitude, Barthélémy calcula que sa mécanique fonctionnait régulièrement depuis un peu plus de dix-neuf heures, et réalisa tout d'un coup que cela ne lui était jamais arrivé jusque-là. Saisi d'une impulsion soudaine, il descendit dans sa boutique, prit le feutre à bout carré qui lui servait pour marquer le prix de sa marchandise et, sur le fond d'une boîte en carton, écrivit en grosses lettres :

Fermé pour cause de perpétuité

Puis, il fixa le carton contre la glace de la devanture, au moyen de quatre larges morceaux de ruban adhésif.

Deux jours plus tard, la perpétuité semblait en bonne voie d'accomplissement. Alors, un autre problème se posa : qu'allait-il faire de cet invraisemblable phénomène ?

Il faut considérer que, même dans ses moments de plus vive exaltation, Barthélémy, en vrai savant, n'avait jamais envisagé que la beauté de la chose, et pas son utilité. Il convient peut-être aussi de voir à quoi elle ressemblait, la chose.

D'un ensemble d'axes, de bielles, de balanciers, de cames, de chaînes, d'engrenages, de galets, de languettes, de manivelles, de paliers, de pignons, de régulateurs, de rouleaux, de tambours, de tiroirs et de tourillons s'échappait, à peu près au milieu en hauteur, et du côté de la fenêtre, un arbre en acier poli de trois pouces de diamètre. Un tachymètre de fabrication italienne (celui qui équipe les Alfa Romeo et les Ferrari) indiquait imperturbablement, depuis la veille, 1180 tours/minute. 1180 tours/minute, se disait Barthélémy, ce n'est pas extraordinaire en soi, mais cela finit par produire pas mal de chevaux, vous qui parlez de chevaux, si les minutes s'accumulent ! (Nos lecteurs amateurs de cinématique observeront que le poissonnier de la rue Fortia connaissait mieux les téléostéens que les périssodactyles.)

Quoi qu'il en soit, même un amateur pouvait imaginer tout ce qu'il est possible de brancher, au moyen d'un embrayage élémentaire, sur un axe capable de tourner indéfiniment : batteurs ménagers, scies circulaires, chignoles, aspirateurs et rasoirs rotatifs. Mais aussi, en fixant la machine sur un bâti à quatre roues : un véritable et peu coûteux engin automobile !

Pendant une semaine, Barthélémy tira des plans, dévorant une demi-rame de papier Canson, douze crayons Conté à mine tendre, deux gommes Éléphant et six feuilles de calque millimétré. Le résultat de ses cogitations ne répondit pas à son attente. Alors, en soupirant, il téléphona à un de ses amis d'enfance (ils avaient fréquenté ensemble la communale de Château-Gombert) qui travaillait au *Provençal*, et lui proposa une interviouve exclusive. Dès ses premiers mots, le journaliste s'exclama, selon la formule traditionnelle (et pas seulement à Château-Gombert) :

— Oh, l'ami ! Où tu vas s'il pleut ?

Barthélémy ne se laissa pas démonter :

— Non, je t'assure, Louis, c'est sérieux. Viens voir par toi-même. Ne le dis à personne si tu as peur de te faire mettre en boîte. Après tu décideras.

Comme tout bon journaliste, Louis craignait moins le ridicule que de manquer l'exclusivité d'une information. Il vint donc trouver Barthélémy en compagnie d'un photographe. Bien entendu, il ne manqua pas d'observer avec bon sens :

— L'ennui, avec ta machine, c'est que l'on ne peut apprécier ses qualités que sur une certaine durée. Je veux dire que, si tu as effectivement découvert le mouvement perpétuel, ce qui m'étonne un peu tout de même, tu pardonneras ma franchise, ce n'est que dans quelques années, ou quelques siècles, que l'on pourra t'en féliciter. En tout cas, pas après quelques minutes.

L'inventeur en convint.

Louis rédigea tout de même son article, qui parut, accompagné d'une photographie de la machine et de son créateur, sous le titre prudent de « Curiosités régionales ». Barthélémy ne s'en offusqua pas.

Il avait bien raison.

Deux jours plus tard, au milieu de l'après-midi, le téléphone sonna. Une voix chaude, légèrement cuivrée, l'appela par son nom.

— Je viens de lire dans le journal un article vous concernant, monsieur Barthélémy. J'espère que ce n'est pas une blague, un, comment dites-vous, un « poisson d'avril » ?

— Ce n'est pas une blague. Vous êtes monsieur ?

— Mon nom ne vous dirait rien. Je suis le représentant pour la France d'un groupe industriel important, et votre invention nous intéresse beaucoup.

— Un groupe industriel ?

— C'est cela. International, bien entendu. Me permettez-vous de vous rendre visite et d'examiner votre machine ?

— Avec plaisir.

— Demain, à la fin de la matinée ?

— Je vous attendrai vers midi et demi. C'est l'heure où je ferme ma boutique.

Quand les hommes d'affaires, car ils étaient trois pour finir, se présentèrent, Barthélémy finissait d'espiller une demi-douzaine de soles. Il se lava les mains avec simplicité et montra le chemin de son appartement.

Les visiteurs contemplèrent son invention avec une curiosité mêlée de scepticisme.

— Vous dites, demanda l'un d'eux (il avait la voix du téléphoneur), vous dites que cette machine tourne sans apport extérieur d'énergie depuis une dizaine de jours ?

— Onze, répondit Barthélémy. Exactement, cela doit faire deux cent quarante-six heures maintenant, à quelques minutes près.

— Je vois.

Ils se penchaient, tournaient la tête, s'accroupissaient, levaient les yeux, cherchant à percer la combine sans oser mettre les doigts.

— Vous avez des plans ? demanda un

autre type, qui avait un regard froid derrière des lunettes sans monture.

L'inventeur parut désolé.

— Pas beaucoup, dit-il. J'avais fait des dessins, au début, et puis j'ai modifié pas mal de choses petit à petit, en me fiant à l'inspiration du moment. D'ailleurs, je dessine mal. Mais un professionnel pourrait certainement tirer des plans détaillés de la machine dans son état actuel…

— Nous allons nous y employer, si toutefois nous parvenons à nous mettre d'accord. Monsieur Barthélémy, nous serons francs avec vous. Nous représentons un groupe important d'industries nucléaires, la Matsuyama Energetics Fissile Investments. Nous avons un laboratoire à Fos-sur-Mer, ce qui a permis à M. Bow-Yadis d'entendre parler de vous. Votre invention, si elle se répand, pourrait constituer un danger pour notre prospérité. Nous sommes donc résolus à l'acheter. Êtes-vous disposé à nous la vendre ?

— Hé bien, fit le poissonnier abasourdi, je suppose que cela dépend de, de. Je n'ai jamais vendu une chose pareille. Il faut me laisser réfléchir un peu.

On le lui accorda. Les trois messieurs de la M.E.F.I. se retirèrent après avoir salué leur hôte avec une politesse exagérée.

Barthélémy demeura un moment silencieux, écoutant son cœur battre dans sa poitrine et ses idées s'enchevêtrer derrière son front. Certes, il se doutait bien que son invention était de nature à bouleverser le monde, mais de voir cette révolution se mettre en marche l'estomaquait tout de même un tant soit peu. Il appela son ami Louis, le journaliste, et le pria de venir souper avec lui, de bonne heure si possible, pour discuter d'une affaire qui ne pouvait souffrir aucun délai.

Barthélémy prépara lui-même un immense plateau de fruits de mer et mit deux bouteilles de Cassis à rafraîchir dans un seau. Louis n'avait pas encore englouti sa première clovisse qu'il était déjà au courant de la démarche de ces messieurs de la Matsuyama.

Ils discutèrent jusqu'à dix heures. Quand ils burent leur deuxième pousse-café (un marc en provenance des environs de Flassans), la décision de Barthélémy était prise…

Deux jours plus tard, dans les luxueux bureaux que la société japonaise possédait rue Neuve-Sainte-Catherine, Barthélémy signa un contrat qui lui parut avantageux, et qui stipulait notamment :

a. l'inventeur conservera la propriété et la libre disposition de son prototype (en souvenir) ;

b. une somme de tant de millions de francs lui sera versée en trois règlements trimestriels[1] ;

c. il percevra trois pour cent du prix de vente des machines fabriquées sur le principe de la sienne.

Différents articles prévoyaient encore les modalités de la copie du modèle original et autres détails.

Avec l'argent des premiers versements, Barthélémy modernisa sa poissonnerie : il remplaça ses deux bacs réfrigérants, lesquels dataient un peu, il renouvela l'éclairage, il acheta une nouvelle caisse enregistreuse. Puis, un Michel-Ange du cours Pierre-Puget vint peindre sur ses murs une grande fresque sous-marine. Mais il ne fit pas fortune.

En effet, les ingénieurs de la M.E.F.I. ne parvinrent jamais à reproduire exactement sa mystérieuse mécanique : aucun des modèles qu'ils fabriquèrent ne fonctionna plus de quelques minutes. Les dirigeants de la société se consolèrent en pensant qu'ils avaient du moins empêché leurs concurrents d'entreprendre l'opération, et de la réussir peut-être, ce qui leur aurait causé un immense préjudice.

La machine de Barthélémy continue à marcher toute seule. Aidé par Victorin et

---

1. Son montant exact ne nous a pas été communiqué.

son ami Louis, il l'a installée dans son arrière-boutique, où elle n'étonne plus personne. Si vous appartenez à sa clientèle, vous l'avez certainement aperçue, un jour ou l'autre, sans le savoir : c'est elle qui agite l'eau des aquariums et qui, pendant les mois d'été, fait tourner le ventilateur au-dessus des fiélas, des rascasses et des fioupélans.

D'UNE PRISON

Depuis quatre-vingt-onze jours, Baptiste Pataud creusait le mur de sa cellule avec le manche d'une cuiller en fer-blanc. Il avait changé douze fois de cuiller, chacune ne pouvant résister qu'une semaine aux efforts qu'il lui demandait. La treizième, qu'il tenait solidement dans sa main, serait la dernière, il en était certain : les sept ou huit centimètres qu'il lui fallait gagner encore, il les aurait franchis d'ici quelques jours, et peut-être avant.

Tout en forant le ciment, en descellant les pierres, en dissimulant les gravats, il monologuait, car monologuer donne du courage aux travailleurs solitaires.

— Mon vieux Pataud, se disait-il, toi qu'es pas une bête, t'as trouvé le vrai moyen de te tirer d'ici…

Il engouffra dans un sac de plastique trois poignées de sable et de gravier.

— … Et t'es en train de le fignoler, poursuivit-il.

Il pesa durement sur un quartier de roc.

— Mais il est vrai, ajouta-t-il avec difficulté, que ça ne va pas toujours tout seul…

Il ahanait, le corps engagé jusqu'à la ceinture dans le tunnel rustique qu'il avait percé, le bras coincé dans une position inconfortable.

— Par exemple, ce gros morceau, là, le maçon qui l'a monté, il n'a pas volé son pognon… Pourtant, il ne devrait plus résister longtemps… Si j'essayais de ce côté…

Il hennit sous la difficulté. Le morceau de roc roula. Un autre, de moindres dimensions, le suivit, entraînant l'effondrement de quelques cailloux, puis une avalanche subite de pierrailles.

Entraîné par l'effort brutal qu'il venait de fournir, Baptiste Pataud glissa sur le sol brusquement ameubli et dégringola piteusement dans le vide et l'obscurité.

Un cri perçant, incontestablement féminin, accompagna sa chute.

— Merde, énonça-t-il à voix haute, je crois que suis tombé chez les curetons !

— Qu'est-ce que c'est ? chevrota-t-on près de lui.

— Un accident. Ne vous inquiétez pas : un simple accident.

Le bruit d'un interrupteur cliqueta.

— Non, dit Pataud, n'allumez pas.

— Ah, mais si ! fit-on, avec détermination, cette fois.

La lumière venait de jaillir. Une lumière souffreteuse qui éclairait platement une petite pièce rectangulaire, de cinq mètres sur trois, blanchie à la chaux, meublée d'un lit de fer, d'une table et d'un tabouret de bois blanc, d'une armoire scellée dans le mur et d'un crucifix cloué au-dessus de la porte.

Dans le lit, il y avait une dame en chemise de nuit montante, qui considérait Pataud avec stupéfaction.

— Mais enfin, dit la dame, qui êtes-vous ?

Il s'efforça à la désinvolture.

— Vous voyez : un voisin.

Sans bouger la tête, il leva son index vers le ciel : à proximité du plafond, un trou de forme irrégulière laissait encore échapper de la poussière.

— Drôle de voisinage ! s'écria-t-elle, furieuse.

— Mon Dieu, madame... Enfin : ma sœur, vous ne pouvez pas ignorer que votre couvent est adossé à la prison départementale !

— Apparemment, on avait oublié de me prévenir. Je ne suis ici que depuis cinq semaines. Et l'on n'encourage pas vraiment les conversations particulières, dans la maison.

— Hé bien, maintenant, vous voilà prévenue, fit le fugitif avec agacement. Un peu tard, je le reconnais. De mon côté, je n'avais vraiment pas prévu que j'allais tomber chez vous.

— Et qu'est-ce que vous imaginiez ?

— D'après ce que je voyais de la fenêtre de ma cellote, je comptais arriver près des cuisines. Faut dire que la perspective était limitée parce que je ne pouvais pas regarder en dessous de moi. Enfin, l'essentiel est que j'en sois sorti. Pardon-excuse pour le dérangement, et bonne nuit, ma sœur.

— C'est que vous n'en êtes pas encore sorti, mon pauvre ami ! On ne vous a jamais appris qu'on est cloîtrée chez les Amandines ? Je suis enfermée à clé.

— Merde.

— Vous l'avez déjà dit.

— C'était pour une autre raison.

— Tournez-vous que je puisse me lever.

Pataud obtempéra. Il entendit derrière lui quelques froissements de linge.

— Merci, ça va.

Il la regarda de nouveau. Elle avait simplement passé une robe de chambre monacale, serrée par une ceinture de corde, sur sa chemise de nuit. Elle était aussi grande que lui. Elle devait avoir trente ans. Elle paraissait plutôt jolie, malgré ses cheveux presque ras.

— Au fond, dit-elle, vous avez échangé une cellule contre une autre.

— Ne riez pas, ce n'est pas drôle. D'ailleurs, elles ne se ressemblent pas. Je préfère la vôtre, ma sœur.

— Moi aussi. Surtout quand j'y suis seule.

— Soyez sans crainte, fit-il : je ne vous encombrerai pas longtemps.

— Pas plus de trois quarts d'heure, en effet.

— Ah oui ? Pourquoi ?

— Parce que, dans trois quarts d'heure, ce sera le moment de chanter matines, et que l'on viendra ouvrir ma porte pour que je puisse me rendre à la chapelle.

Il y eut un silence de quelques secondes.

— D'accord, dit Pataud. Et, une fois dans le couloir, on peut se tirer facilement ?

— Je suppose qu'il y a plusieurs portes à franchir.

— Alors, vous m'accompagnerez, ma sœur.

— Je ne vous serais d'aucun secours, mon ami : je n'ai parcouru ces couloirs qu'une seule fois, dans l'autre sens, et je pensais vraiment à autre chose qu'à étudier l'itinéraire.

— Peut-être.

— Et puis, vous passerez plus facilement inaperçu si vous êtes tout seul. Vous pourrez mieux profiter de l'obscurité. Il ne fera pas jour avant trois ou quatre heures.

— Ce sont ces portes qui m'inquiètent, dit-il sombrement. Je peux sauter par-dessus un mur, mais pas passer à travers une porte.

— Je suppose que vous trouverez les clés du bon côté des serrures, cette fois.

— Vous croyez ?

— Je ne crois rien : j'essaie d'imaginer.

— Tenons-nous les pouces pour que vous ayez raison.

— Je peux aussi, observa-t-elle d'un air piqué, faire une petite prière...

— Ne vous gênez surtout pas !

— Et puis, vous n'y êtes pas encore, dans le couloir !

— Non, c'est vrai. Vous n'auriez pas un couteau ?

— Seulement à bout rond. Comme arme, il est inutilisable.

— Mais, comme tournevis, il sera plus commode que s'il était pointu.

Elle eut un drôle de sourire.

— Vous comptez dévisser ma serrure ?

— En tout cas, je compte essayer.

— Une minute, je le cherche. Je ne m'en sers pas très souvent. La plupart du temps, je n'ai rien à couper.

Elle se dirigea vers la petite armoire et l'ouvrit.

— Même pas du pain ?

— Le pain ne se coupe pas : on le rompt avec les doigts. En tout cas, c'est ainsi que s'y prenait Notre Seigneur Jésus-Christ. Tenez, le voilà, votre couteau.

Pataud prit l'objet d'un air dégoûté.

— Il n'a pas l'air bien solide.

— La prochaine fois, dit-elle vexée, tâchez de tomber dans la cellule d'un chartreux : ils sont plus bricoleurs que nous.

— Il n'y aura pas de prochaine fois.

Il commença de s'escrimer sur la serrure.

— Pourquoi dites-vous qu'il n'y aura pas de prochaine fois ? demanda la religieuse.

— Parce qu'il n'aurait jamais dû y en avoir de première.

— Je vois. Vous êtes victime d'une erreur judiciaire. C'est fou ce que les tribunaux se trompent, dans ce pays.

— Ne parlez pas de ce que vous ignorez, ma sœur.

— Vous savez, je ne suis pas entrée au couvent à dix-huit ans. J'avais un peu regardé le monde, avant de le faire. C'est même pour ça...

Elle s'interrompit.

— Pour ça quoi ? fit-il distraitement.

— Rien. Il marche, le couteau ?

— Pas très bien, non. Les vis sont rouillées. Il faudrait pouvoir les graisser.

— Malheureusement, je n'ai ni huile, ni beurre, ni graisse.

— Oui, ça, je m'en doute.

Il poursuivit ses travaux de serrurier amateur, sans grande conviction, semblait-il.

— Je ne vous ai jamais dit que c'était une erreur judiciaire, remarquez bien. Simplement, un coup de malchance extraordinaire qui n'aurait jamais dû se produire et qui, statistiquement parlant, ne se reproduira jamais. Mon coup était admirablement monté.

— Ah oui ?

— Je veux ! Je ne vous dis pas comment, parce que je compte recommencer dès que je serai sorti d'ici.

— Vous savez, avec moi vous ne risquez pas grand-chose : en principe, je ne dois parler à personne !

— Et que faites-vous en ce moment ?

— Vous représentez le coup de malchance. Vous n'auriez jamais dû débarquer chez moi et, statistiquement parlant comme vous dites, aucun de mes prochains voisins n'y débarquera plus.

— Deux précautions valent mieux qu'une, ma sœur.

— Vous avez raison, mon ami.

Il se détourna de sa tâche et la regarda en face.

— Je tiens tout de même à vous dire que je n'ai assassiné personne, que je n'ai pas fracturé le tiroir-caisse d'une mercière, ni agressé une femme au coin d'un bois.

— Les femmes ne se promènent plus au coin des bois.

Il revint à sa serrure. Le fer du couteau grinçait contre le fer des vis.

— J'ai attaqué un coffre-fort. C'est dur, un coffre-fort, c'est solide, ça résiste, ça se défend ! Mon idée, à moi, c'était de dérégler la pendule qui commande son ouverture. C'était combiné à la seconde près pour fonctionner à trois heures du matin. C'est la bonne heure, celle où les gardiens commencent à roupiller sur leur talkie-walkie. Et puis, un peu avant minuit, sans que je puisse m'en douter, une panne de courant dans le secteur a tout décalé. Bref, je n'ai pas envie de vous raconter les détails, mais je me suis fait prendre comme un gamin dans le placard à confitures.

— Et vous croyez que ça se passera autrement, la prochaine fois ?

— J'ai fait le calcul. Il y a juste une chance sur un milliard six cents millions pour qu'une panne de courant se produise, deux fois de file, juste au moment où je fais un casse.

— Ce sera peut-être autre chose.

Pataud jeta un regard noir à son hôtesse.

— Vous essayez de me porter la poisse ?

— Non. J'essaie de vous détourner de la voie que vous avez choisie.

— Ça va, pas de morale.

— Si la morale vous ennuie, il ne faut pas rendre visite aux religieuses.

— Je n'ai pas vraiment choisi de vous rendre visite. Pas à vous, je veux dire. Et, de toute façon, j'ai passé l'âge des sermons.

Le couteau glissa bruyamment. Pataud jura entre ses dents.

— Vous vous êtes fait mal ?

— A peine. C'est vrai qu'il ne coupe rien, ce couteau. Je comprends que vous mangiez votre pain avec vos doigts.

— Si vous voulez un petit pansement, j'ai de quoi.

Il suçota son pouce, puis le contempla sans indulgence.

— Non, non, grogna-t-il, ce n'est pas la peine. J'ai mon mouchoir.

Il noua un bout de tissu douteux autour

de sa main gauche, puis se remit à traficoter la serrure.

— Comment ça se passe, de l'autre côté du mur ? dit la religieuse. Ce n'est pas trop dur ?

— Bof, ça dépend des jours et de l'humeur des matons. D'un côté, les bâtiments sont vieux, sales et mal chauffés. De l'autre, l'établissement n'est pas surpeuplé, ce qui m'a permis d'être seul dans ma cellule.

— Comme moi.

— Comme vous. C'est vrai, au fond, la vie que je menais avait un certain caractère monacal.

— Sauf la contrition.

— Sauf la contrition, oui. Oh oui, ça, ma sœur, je suis obligé de reconnaître que je ne me repens pas le moins du monde ! Le seul regret que j'ai, c'est d'avoir raté mon coup ! Mais je ne le raterai pas deux fois, vous pouvez me croire.

— Je vous crois. Cela me chagrine, mais je vous crois.

— J'espère que vous prierez pour moi...

— Et que pensez-vous donc que je fasse depuis un quart d'heure ?

— Vous arrivez à prier en parlant d'autre chose ?

— D'abord, je ne parle pas d'autre chose. Ensuite, Dieu sait reconnaître la prière dans chaque geste, dans chaque intention, dans chaque regard.

— Vous avez peut-être raison.

— Si je n'avais pas raison, à quoi Dieu servirait-Il ?

Il haussa les épaules.

— Excusez-moi, bougonna-t-il, mais j'ai des questions plus urgentes à résoudre.

— Pardon.

— Une chose me surprend, tout de même. J'ai toujours cru que la clôture des religieuses était plus ou moins symbolique. Et je me trouve devant une serrure de chambre forte.

— Elle n'est pas symbolique chez les Amandines. Sainte Amanda, notre fondatrice, a reçu la révélation de la foi alors qu'elle se trouvait enchaînée par des Barbares, je ne sais plus lesquels, au fond d'un horrible cachot. Miraculeusement délivrée, elle a voulu rappeler, dans la règle de son ordre, non pas les chaînes, bien entendu, mais la réalité de l'enfermement. D'où cette énorme serrure, assez ridicule en effet, quand on pense à la pauvre chose, peureuse et inoffensive, qu'elle maintient rudement du mauvais côté de la porte.

— Je commence à comprendre pourquoi ce foutu couvent voisine avec une maison d'arrêt ! Ils ont dû faire partie du même plan d'urbanisme, à l'origine !

Pendant une minute ou deux, on n'entendit plus que le grincement du couteau contre la serrure.

— Pour combien, on vous en a donné ? demanda-t-elle enfin.

— Trois ans. Mais j'avais fait sept mois de préventive, qui ont donc compté pour quatorze. Il m'en reste encore dix-neuf à tirer.

— La prochaine fois, avec votre évasion en plus, vous en prendrez pour dix ans. Et on se débrouillera pour que vous ne puissiez plus sauter chez les Amandines.

— Je sais, dit-il d'un air sombre. Tant pis, je suis prêt à en courir le risque. J'aime ça. Et puis, je ne sais rien faire d'autre.

— Vous êtes seul dans l'existence ?

— Seul, qu'est-ce que ça veut dire, pour vous ?

— Pas de frère ou de sœur ? pas de parents ? pas de femme ?

— Pas de femme, pas de mère, pas de frère. Un père et une sœur. Plus jeune que moi.

— Ils venaient vous apporter des oranges ?

— Pas tous les dimanches, parce qu'ils habitent à quatre cents kilomètres. Mais on s'écrit assez régulièrement.

— Et qu'est-ce qu'ils pensent de tout ça ?

— Ils disent un peu comme vous. Que

quand j'aurai eu fini de payer, je ferai bien de changer d'idée.

— Vous voyez bien !

— Chacun sa façon de voir, ma sœur.

Elle le considéra pensivement.

— C'est curieux. Vous n'avez pourtant pas l'air d'un mauvais sujet.

Il haussa les épaules sans se retourner.

— Qu'est-ce que ça veut dire, un mauvais sujet ? Et qu'est-ce que vous en savez ?

— Rien de plus que les autres. J'ai seulement vécu une trentaine d'années dans le monde, je vous l'ai déjà dit.

— J'ai l'impression que vous avez mené une drôle de vie.

S'il ne voulait pas être sarcastique, c'était pourtant bien imité.

— Drôle n'est pas tout à fait le mot qui convient. Et maintenant, écoutez-moi bien. Il va falloir que vous preniez une décision. Avant vingt minutes, la cloche sonnera pour les matines et l'on viendra me chercher. Or, comme vous pouvez le constater : primo, il est impossible de vous cacher ici ; secundo, même si vous y parveniez, je ne vois pas comment dissimuler les dégâts que vous avez occasionnés en arrivant chez moi.

Pataud interrompit sa tâche.

— Parce qu'elle entre, la sœur qui vient vous chercher ?

— Elle n'aura pas besoin d'entrer : il suffit d'ouvrir la porte pour découvrir la totalité de mes quatorze mètres carrés.

— Alors ?

Le visage du type se faisait sévère.

— Alors, il faut que vous soyez parti d'ici là.

Il jeta le couteau par terre.

— J'abandonne, dit-il brusquement. Je ne sortirai jamais de cette piaule avec un couteau pareil. Qu'est-ce que je vais faire ?

— Réfléchissons.

— Je vous prends en otage, et je me fais ouvrir les portes en menaçant de vous couper la gorge.

Elle eut un petit sourire.

— Avec ce couteau ?

— Qui peut savoir que je n'en ai pas un autre ?

— Non, ça ne marchera pas. Mes sœurs prieront pour le repos de mon âme et ne céderont pas.

— Vous en êtes sûre ?

— Décidément,votre éducation religieuse laisse rudement à désirer ! Sachez donc, jeune homme, que les catholiques ont toujours manifesté une certaine propension pour le martyre. Mes compagnes considéreront ma situation comme une épreuve envoyée par Dieu, et dont il ne convient pas de contrarier l'accomplissement.

Le regard de Pataud devint fixe.

— Hé bien, je me battrai les mains nues ! Vous allez éteindre cette lampe. Quand la porte s'ouvrira, je me glisserai discrètement derrière vous. Si je n'y parviens pas, je foncerai dans le tas. Et si je ne peux pas me tirer tout de suite, je me planquerai le temps qu'il faudra. Ce doit être plein de coins et de recoins, cette bâtisse, non ?

— Si. Enfin, pour autant que je le sache. Mais ne comptez pas sur moi pour vous apporter le pain et l'eau : je serai de nouveau sous clé dans une heure.

— Je cambriolerai l'office, ne vous inquiétez pas.

— A vrai dire, ce n'est pas cela qui m'inquiète. Je me demande seulement ce que vous allez faire si vous vous trouvez au milieu d'un troupeau de nonnes piaillantes. Je ne vous vois pas en train de les assommer les unes après les autres pour vous frayer un chemin.

Il soupira.

— Non, c'est vrai. Mais je déciderai le moment venu. La question ne se posera peut-être pas.

— Je vous le souhaite.

Il regarda son hôtesse avec une curiosité soudaine.

— Et vous, qu'allez-vous faire ? Que répondrez-vous quand on vous interrogera ?

Elle eut un geste d'indifférence.

— Oh, c'est tout simple : je dirai que vous m'avez menacée, terrorisée, et que je suis restée prostrée pendant que vous sortiez avec une fausse clé.

Il eut un petit rire un peu triste.

— Croyez bien que j'apprécie la qualité de votre humour. L'ennui, c'est que je n'ai pas de fausse clé.

— Non. Mais moi, j'en ai une vraie.

Un silence pesant tomba dans la petite pièce froide et blanche. Pataud avala sa salive.

— Vous voulez répéter ce que vous venez de dire ? demanda-t-il enfin.

— J'ai une clé de cette porte.

— Je ne vous crois pas.

— La voici.

Elle tira un objet maigre et noir de la poche de sa robe de chambre.

— Faites voir.

Il prit la clé, l'introduisit dans la serrure et la tourna. Le battant s'ouvrit. Il considéra la religieuse avec une immense stupéfaction.

— Je ne comprends pas, murmura-t-il.

Elle leva ses yeux vers le Christ cloué au-dessus de la porte.

— Je n'ai pas toujours mené une vie exemplaire, mon ami. Et puis, un jour, j'en ai eu ma claque. D'en baver, de trimer, de me bagarrer comme une chienne avec tout le monde. Et de la saloperie des hommes.

Des hommes et des femmes, bien entendu. J'ai eu besoin de tranquillité. Peut-être même de faire la paix avec Dieu, allez savoir.

Elle regarda le fugitif, de nouveau. Sur ses traits passait une ombre de dureté inattendue.

— Mais j'ai gardé, ajouta-t-elle, une sainte horreur des endroits clos. Je ne peux pas supporter de me sentir enfermée. Alors, le lendemain de mon arrivée, après avoir passé une nuit affreuse, pleine de sueurs et d'angoisses, j'ai profité du moment où la tourière se cognait le front contre le pavé de la chapelle, pendant l'élévation, pour lui soulever son passe. Vous l'avez entre les mains.

— Merci. Et qu'est-ce qu'elle a dit ?

La religieuse haussa les épaules.

— Que voulez-vous qu'elle ait dit ? Elle n'allait tout de même pas imaginer que la nouvelle brebis du troupeau venait de lui faire les poches ! Je suppose qu'elle est allée confesser son étourderie à l'abbé des Anges et commander une autre clé.

Il hésita.

— Mais alors, pourquoi ne me l'avez-vous pas donnée tout de suite ?

— Parce que ça m'amusait de savoir ce que vous alliez faire pour vous sortir tout seul d'ici. Un vieux réflexe, sans doute. Et puis, je n'aurais pas aimé que vous pensiez que j'avais peur de vous.

— Je ne pense rien de tel.

— Partez, maintenant.

Il lui tendit la clé.

— Reprenez-la, vous en aurez encore besoin. Et vous pourrez refermer derrière moi.

— Vous êtes fou ! Il faudrait que je leur explique avec *quoi* j'ai refermé !

— Vous n'aurez qu'à leur dire que c'est moi qui l'ai fait, pour vous empêcher de donner l'alarme.

Les joues de la religieuse rougirent et son regard se voila.

— Tu sais, murmura-t-elle, que tu n'es pas bête, toi ? Tu me fais regretter de ne pas t'avoir rencontré plus tôt.

Il eut un rire de gamin, le premier depuis son entrée dans cette cellule.

— Allons, dit-il, ma sœur, pas d'attendrissement : l'heure tourne.

— Filez vite.

Pataud se glissa dans le couloir. La religieuse prêta l'oreille et entendit son pas furtif décroître, puis disparaître dans le lointain.

Alors, elle referma doucement la porte et s'assit sur son lit. Elle posa ses mains sur ses genoux et contempla le mur d'en face, à deux mètres de son visage, d'un air rêveur.

— Je ne sais pas, Seigneur, dit-elle, ce que Vous attendez de moi, mais il m'arrive de drôles de choses, depuis que j'ai choisi la vie contemplative…

Elle ne changea pas de position jusqu'à ce que sœur Rosalie vienne cogner à sa porte.

Alors, elle se leva en soupirant : sa journée allait commencer par de délicates explications.

ORAGES SUR L'ENSEMBLE DU FRONT

Le jour où Guillaume Berlancourt découvrit qu'il pouvait, en remuant ses oreilles, faire pleuvoir sur une portion raisonnable du territoire environnant, il comprit que la vengeance était enfin à portée de ses mains.

Deux ans auparavant, nommé comme sous-ingénieur de l'Équipement dans la circonscription de Noyon, une région qu'il ne connaissait pas du tout et dont il ne découvrit les beautés que plus tard, quand son travail l'eut conduit à arpenter les creux et les bosses, les flancs et les coteaux, les coins et les recoins, d'un bout de la semaine à l'autre, il était venu s'installer avec sa jeune femme, sa « compagne » comme on disait alors vu qu'ils n'étaient pas mariés, une grande bringue athlétique, brune et pleine d'avidité, dénommée Marguerite, au 37 de l'impasse De-Lattre-de-Tassigny, dans la périphérie de Chauny. (Et si la phrase précédente, trop longue, vous paraît évoquer fâcheusement la prose indigeste de meussieu H. B., vous pouvez mettre des points à la place des virgules, à condition de modifier de manière adéquate la conjugaison des verbes.)

Le 37 était une charmante bicoque de la fin du XIXe siècle ou du début du XXe, que son actuel propriétaire, un maçon nommé Glatosca, avait pourvue de quelques éléments élémentaires du confort moderne : salle de bains, chauffage central et cuisine intégrée.

En face, au numéro 34, habitait un célibataire qui exerçait la profession de météorologiste. Entre autres activités indécises, Henri Mortemer donnait trois fois par jour des prévisions sur mesure aux auditeurs de la principale station de radio locale : « Fréquence-Picardie ». Ce passage triquotidien sur des ondes régionales lui avait acquis une sorte de troublante notoriété auprès de la population féminine. Expliquez cela comme vous le pourrez, mais les chiffres sont indiscutables : les hommes qui parlent du temps (et qui passent donc pour en être maîtres) impressionnent plus facilement les dames que les messieurs.

Bref : six mois avant que cette histoire ne commence, Guillaume Berlancourt était au 37 depuis environ un an et demi, Marguerite fit sa valise, traversa la rue et vint s'installer au 34, chez l'homme aux cumulo-nimbus.

Le type des ex-Ponts-et-Chaussées ne prit pas ça très bien, mais que faire ? L'idéologie dominante et la législation permettent aujourd'hui aux femmes de choisir leur foyer. Guillaume introduisit, dans la boîte aux lettres de la maison d'en face, force poulets dont le thème récurrent développait le fait qu'un météorologiste n'est au fond qu'une girouette, qu'après la pluie vient le beau temps et que le soir finit bien par tomber (ou le jour par se lever, il n'était pas sûr du sens de la métaphore). Marguerite ne faisait qu'en rire.

Plusieurs mois passèrent, et l'inattendu survint.

Un dimanche de juillet où la canicule se faisait particulièrement lourde, Guillaume observait avec mélancolie les pensées, les capucines et les saxifrages souffreteuses de son petit jardin. Il leva la tête et considéra tristement le ciel désespérément serein. C'est alors qu'une abeille pacifique effectua un habile looping oblique autour de sa nuque et de son front. Il la chassa d'un geste machinal de la main droite, cependant que, tout aussi machinalement, ses oreilles s'agitaient une ou deux fois pour manifester leur crainte et leur réprobation.

Trente secondes plus tard, le ciel uniformément clair se couvrait. Une minute après, il faisait presque noir. A « *x* + *160* », les premières gouttes tombaient. En moins d'un quart d'heure, les plantes du jardin avaient de quoi boire pour une bonne semaine.

Une seule expérience n'a aucune valeur scientifique, on le sait bien. Il arrive même (le plus souvent) que personne ne s'en rende compte. Cette fois-là — faut-il y voir le doigt de la Providence ou le dard de la jalousie ? — Guillaume Berlancourt eut une sorte d'illumination. Il remua donc ses pavillons à différentes reprises, pendant une longue semaine et dans des états d'esprit analogues, pour s'assurer de l'efficacité de leur agitation. Et puis, il mit au point un plan de bataille.

Celui-ci connut deux périodes.

Au cours de la première, Guillaume utilisa ses oreilles pour contrarier, d'une manière puérilement systématique, les prévisions météorologiques d'Henri Mortemer. Au bout d'un mois, celui-ci devint la cible favorite des Picards, tout au moins de ceux qu'intéressaient les précipitations locales et leur pronostication. Cette période dura exactement jusqu'à l'équinoxe de septembre.

A partir de la Saint-Matthieu, Guillaume changea de stratégie. Dès lors, un arpent de la zone résidentielle, c'est-à-dire un peu plus d'un demi-hectare, dont la maison d'Henri Mortemer était approximativement le centre, fut soumis à une averse paisible mais soutenue, douce mais interminable. On imagine de quels lazzis le météorologiste fut désormais l'objet. On n'ose imaginer l'importance des obscures pressions qui se manifestèrent afin qu'on ne le foutît point à la porte de sa station.

Le 37 de l'impasse De-Lattre-de-Tassigny se trouvant partiellement dans le périmètre ainsi arrosé, la moitié du jardin de Guillaume prenait des allures de marécage. Mais la joie que lui procurait sa naïve mystification compensait largement ces petits inconvénients.

Il s'en lassa, cependant : on ne peut pas rire indéfiniment des mêmes facéties.

Un mercredi matin où Mortemer, à l'antenne, assurait courageusement ses concitoyens qu'un soleil de plomb allait cuire leurs betteraves en leurs sillons, cependant que ses voisins supportaient la désormais habituelle et pacifique flotte qui commençait cependant à ramollir le cuir de leurs godasses et à pourrir leurs gabardines, Guillaume, ayant enfilé des bottes et ouvert un vaste parapluie, sortit de sa maison par l'entrée principale et traversa la rue, après avoir regardé à droite et à gauche, comme on le lui avait enseigné une trentaine d'années auparavant. (Et si, derechef, cette phrase vous semble trop longue, reportez-vous au deuxième paragraphe de la présente histoire.)

Parvenu devant la grille du 34, il pressa d'un index résolu le bouton de la sonnette électrique. Une fenêtre s'ouvrit et le buste de Marguerite apparut, éclairé à contrejour par le lustre de la salle à manger.

— Marguerite, s'écria Berlancourt, depuis que tu m'as quitté, ma vie n'a plus de sens !

— Mais la mienne en a trouvé un.

— Est-ce vraiment une existence, de passer tout son temps dans une atmosphère de cataracte ? Je parie que vous avez un pied d'eau dans la cave, et que l'humidité ronge la tapisserie de votre chambre à coucher.

— Tu as gagné.

— Cruelle ! Songe que tout cela pourrait changer si tu revenais à la maison ! Le soleil brillerait à nouveau sur le quartier comme dans nos cœurs !

— Crois-tu donc que je sois à vendre contre une cure d'héliothérapie ? Ôte-toi de ma pluie !

— Margot, ma reine, aie pitié de moi, tu me fais mourir !

— Zut.

Et Marguerite referma la fenêtre.

Alors, Guillaume jeta son parapluie au loin, écarta largement les bras et s'écria d'une voix profonde :

— Levez-vous vite, orages désirés, qui devez emporter Berlancourt dans les espaces d'une autre vie !

L'émotion provoquée par cet excès de romantisme agita ses oreilles en un frisson fiévreux et endeuillé.

Un instant plus tard, le ciel s'ouvrit, une longue flamme zébra le paysage et se planta, comme une chandelle romaine, sur les épaules de l'imprécateur.

— Badaboum ! fit l'air ambiant.

Quelques voisins mirent le nez à la croisée. (Mais Marguerite, qui était retournée dans sa cuisine, ne se dérangea point.)

Ils ne virent, au beau milieu de la chaussée mouillée, qu'un parapluie ouvert et des fragments de bottes. La brise charriait des relents de caoutchouc brûlé.

Le ciel s'éclaircissait lentement, comme à regret. L'averse parut se calmer.

A midi, quand Henri Mortemer annonça timidement à ses auditeurs indifférents qu'un beau soleil de fin octobre devait briller sur toute la Picardie, il avait de nouveau raison : les alentours de l'impasse De-Lattre-de-Tassigny avaient enfin rejoint le climat général.

L'EAU ET LE VIN

Vers la fin du règne de Louis XV, il y avait, à Saint-Quentin, un carillonneur qui s'appelait Médard et qui avait le pouvoir de changer l'eau en vin. C'était un homme modeste, d'une cinquante d'années mais qui faisait plus que son âge, de petite taille et de faible corpulence, le crâne dégarni sur le dessus par une calvitie précoce.

Il exerçait son art (le musical, pas l'œnologique) en l'hôtel de ville, soulignant les moments importants de la semaine, et parfois de la journée, par des sonneries graves ou guillerettes, dont il était généralement l'auteur. Le campanile abritait alors vingt-huit cloches[1], ce qui permettait à l'artiste, les jours de fête, de déployer tout à la fois son imagination et sa virtuosité.

Comme le métier de carillonneur n'a jamais réellement nourri son homme, Médard complétait son maigre revenu en sonnant les cloches de la basilique et en rendant de menus services à son sacristain.

Le premier dimanche de février 1766 (l'année où il a fait si froid), pendant la grand-messe, Médard passa furtivement derrière le chœur, à petits pas rapides. La température de l'édifice ne devait guère excéder celle de la glace fondante. Au moment même où l'officiant élevait, entre ses mains tendues, un calice de vermeil rempli du mélange rituel, le carillonneur fut saisi d'une immense démangeaison au plus profond de ses fosses nasales. Il se pinça le nez, retint sa respiration, se gratta l'épigastre, s'efforça de courir. Nib : un formidable éternuement fit trembler le vitrail de Sainte-Barbe et figea sur leurs chaises de paille les paroissiennes des huit premiers rangs. Par chance, profondément pénétré par l'impor-

1. Il en compte trente-sept aujourd'hui.

tance de sa tâche, le prêtre resta étranger à ce troublant événement. Cependant, quelques secondes plus tard, quand, d'un geste à la fois allègre et réticent, il avala le contenu du cratère sacré, il faillit s'étouffer : le mélange devait titrer aux alentours de treize degrés cinq, car le Seigneur avait eu la main lourde.

Personne n'eut évidemment l'idée d'établir un rapport entre ce curieux phénomène et la convulsion sternutatoire du carillonneur, et surtout pas ce dernier. De son côté, le prêtre se dit tout simplement qu'il avait dû se tromper dans ses proportions, ce qui peut arriver, en effet, n'en parla à personne et n'y pensa plus.

Quelques semaines plus tard, un incident plus notable se produisit.

Médard buvait peu et ne fréquentait pas les tavernes : il n'aimait pas la fumée des pipes, l'odeur puissante de la bière et le bruit rocailleux des voix avinées. Il ne put cependant éviter d'aller trinquer, le 4 mars suivant, avec les membres du corps de ville, qui fêtaient joyeusement le saint patron de leur « mayeur » Casimir de Berlancourt, dans l'arrière-salle de *La Botte rouge*, l'établissement le plus huppé de la ville.

Le carillonneur rêvait au « Branle de Casimir » qu'il avait composé la veille, et dont il se proposait de régaler les Saint-Quentinois et leur premier magistrat le soir même, quand la charmante épouse du second échevin lui demanda un verre d'eau. Médard s'empressa. Au moment où il penchait la cruche rebondie, un courant d'air venu de la cheminée se faufila sous sa veste et lui parcourut le dos, depuis la ceinture jusqu'à la nuque. Trois secondes plus tard, le malheureux sonneur, rouge de confusion, faisait résonner les alentours d'un éternuement impérial. Il s'excusa sous les rires, puis acheva son geste.

Au lieu de l'onde cristalline et fade qu'on lui avait demandée, un liquide blond et parfumé jaillit de la cruche. La dame se récria. Médard, à peu près certain de ne s'être point trompé de flacon, s'abîma dans une extrême perplexité. On se moqua de lui une seconde fois, on plaisanta sur son nom, pourtant annonciateur de flotte, comme l'on sait, on remercia saint Casimir pour avoir ainsi manifesté une bienveillance particulière à l'égard de la ville et de son premier citoyen.

Enfin, chacun voulut goûter le vin du miracle : il rappelait un peu le touraine, et plus précisément le saumur, affirma le mayeur qui s'y connaissait, avec sa couleur pâle, sa fraîcheur apparente, son bouquet sec et nerveux.

Le tavernier, qui n'avait servi que du vin

rouge, flaira une amicale supercherie, cligna de l'œil vers le carillonneur en homme qui comprend les choses, et refusa de faire payer la cruche. Médard, qui ne voyait pas à quel moment un récipient avait pu en remplacer un autre, participa modérément à l'allégresse générale et s'en alla tout pensif.

Le soir même, enfermé à double tour dans son petit logis, le carillonneur transforma, à sept reprises, sept gobelets d'eau en un vin blanc fragile et peu savoureux.

Dans les jours qui suivirent, ses expériences portèrent sur différents facteurs : la qualité de l'eau, qui faisait varier la couleur et le goût ; la force de l'éternuement, qui déterminait le degré alcoolique (il atteignit treize degrés neuf avec un spasme particulièrement réussi, qui le laissa sourd de l'oreille droite pendant une vingtaine de minutes). Une bouteille venue de Saint-Galmier lui donna un mousseux amusant, mais qui ne rappelait que de loin le nectar mis au point, soixante ans auparavant, par ses voisins champenois.

Que faire d'une pareille découverte, surtout quand on n'est habité par aucune ambition, quand on ne souhaite ni le pouvoir, ni la fortune, et que l'on redoute par-dessus tout l'avidité de ses contemporains ? Se taire, bien entendu.

Saisi cependant d'un grand scrupule religieux, Médard demanda audience à son évêque, lequel, ayant de l'estime pour le musicien, le reçut presque immédiatement. Devinant que le prélat refuserait d'ajouter foi à sa confidence et se bornerait à s'inquiéter pour sa santé, le carillonneur se munit d'une bouteille d'eau tirée du puits de la grand-place, d'un verre et de trois grains de tabac à priser pour se chatouiller les naseaux. La démonstration impressionna fort Son Excellence.

— Monseigneur, dit alors Médard, pensez-vous que je sois possédé du démon ?

— N'exagérons rien, mon ami : Dieu aussi peut faire des miracles.

— Je n'en ai jamais douté. Mais comment savoir que c'est bien Lui qui a distingué un pauvre carillonneur ?

— En implorant Sa grâce, qui ne vous fera certainement pas défaut.

— Au Moyen Âge, murmura tristement le miraculé, on m'aurait brûlé vif.

— Voire, répondit l'évêque : après tout, il y eut, à Cana, un précédent tout à fait honorable, et que même le plus intransigeant des inquisiteurs n'aurait pu récuser !

— Peut-être, en effet. Je préfère cependant me fier à votre sagesse. Et maintenant, Monseigneur, que vais-je faire ?

— Rien, pour l'instant. Cachez soigneusement votre... votre particularité : bûcher mis à part, vous n'aimeriez certainement pas passer pour un phénomène ?

— Mon Dieu, non !

— Je m'en doutais. De mon côté, je vous promets le secret. Revoyons-vous dans quelques jours, quand nous aurons réfléchi l'un et l'autre, voulez-vous ?

— Rien ne pourrait m'être plus profitable, Monseigneur.

— C'est bien. Allez en paix.

Médard allait refermer discrètement la porte, quand l'évêque le rappela :

— Au fait, mon ami, puis-je vous accorder une pénitence ?

— Je vous en serai infiniment reconnaissant, Monseigneur.

— Descendez donc dans ma cave, et renouvelez ma provision de vin de messe : les desservants de ma collégiale la vident avec une ferveur que je ne retrouve pas pendant l'office...

Rassuré sur le chapitre de sa vie éternelle et fort des conseils de son évêque, Médard ne se confia donc à personne. Une deuxième entrevue avec le prélat le confirma d'ailleurs dans cette détermination.

Son étrange pouvoir ne modifia guère son caractère : il le rendit seulement un peu plus taciturne et renfermé. Craignant de se laisser découvrir par inadvertance, ou par accident, il fréquenta de moins en moins ses semblables, passant l'essentiel de son temps devant le clavier de son carillon, suspendu aux cordes de ses cloches, ou à méditer sombrement, dans son petit logis, sur l'impénétrabilité des desseins de Dieu.

Cette rumination solitaire eut une conséquence tout à la fois inévitable et inattendue : le carillonneur se mit à consommer sa production personnelle. Il le fit d'abord modérément, par simple curiosité, afin de goûter ses différents « crus ». Puis, il pensa trouver, au fond de ses flacons, les raisons de sa singularité. Enfin, il y prit une sorte de plaisir désespéré.

Avec la protection du Seigneur, cela dura bien une vingtaine d'années. Les âmes simples s'imaginent parfois que la boisson conduit rapidement au tombeau et fondent sur cette idée un grand nombre de brochures publicitaires : cela dépend évidemment des boissons et des tempéraments. Les vins produits par Médard se situaient dans une honnête moyenne. Il eut la chance d'en profiter paisiblement jusqu'à un âge assez avancé, comme si la Mort avait voulu accorder un sursis particulier à cet ivrogne d'une nature si exceptionnelle.

C'est durant cette période que le carillonneur composa quelques-unes de ses œuvres les plus célèbres, comme le *Bourdon de Saint-Martin*, la *Sonnaille pour le Jour des*

Rois et la curieuse *Volée de l'Ingerie*, barcarolle soyeuse et légère, probablement inspirée par une dame qui nous est toujours inconnue.

Médard rendit le dernier soupir le jeudi 18 octobre (jour où l'on fête saint Luc) de 1787, à l'âge de soixante-douze ans. Un prêtre, deux voisines et le représentant du nouveau mayeur l'assistaient dans cette circonstance difficile. Il paraissait en paix avec Dieu, comme avec lui-même. Au moment de passer, il ouvrit grand ses yeux, saisi d'une indéfinissable angoisse. Son nez frémit, sa poitrine se souleva, ses épaules s'agitèrent. Alors, un prodigieux éternuement le secoua de haut en bas. Puis, il referma lentement ses paupières, réconcilié avec l'éternité.

Et, quand le carillonneur saint-quentinois franchit en triomphe les portes du paradis, sur sa table de nuit, l'eau bénite, où trempait un maigre rameau de buis, se mit à exhaler cette odeur de primevère, de garenne et de truffe que l'on trouve, de temps à autre, dans le Château-Grillet.

AU CŒUR DE LA FORÊT

La forêt de la Grésigne est une des grandes forêts domaniales de France. Elle se trouve dans la partie nord du département du Tarn, entre Cordes et Bruniquel, au sud-est des gorges de l'Aveyron, où elle s'étend sur près de quatre mille hectares. Sa flore et sa faune, très protégées depuis longtemps, autant par l'impénétrabilité des lieux que par une réglementation sévère, sont assez exceptionnelles : les gypaètes barbus y vivent sans doute leurs dernières années, et André Breton prétendait venir y collecter deux espèces de scarabées : l'*Hispanus* et le *Splendens*.

On se perd facilement dans la Grésigne. Son relief, fait de collines et de petites montagnes très escarpées, détermine une topographie tout à la fois diverse et uniforme, où les points de repère manquent terriblement.

Le 4 juillet de cette année-là, c'était un vendredi, vers onze heures et demie du soir, deux silhouettes, précédées du modeste faisceau d'une lampe électrique, avançaient d'une allure incertaine à travers les embûches d'un sentier pratiquement inexistant. La première hésita, puis fit halte. Le rond de lumière qu'elle dirigeait devant elle décrivit une lemniscate sur les feuillages obscurs.

— Cette fois, dit-elle posément (et c'était une voix d'homme, plutôt bien timbrée), je crois que je suis perdu.

L'autre silhouette, plus frêle et plus fine, sursauta.

— Ce n'est pas possible, Raphaël !

(Celle-là était une voix de femme, assez douce malgré l'émotion qui la faisait trembler.)

— Ben, je crois bien que si.

— Mais qu'allons-nous devenir ?

— Remarquez : au jour d'aujourd'hui,

on a tout de même très peu de chances de mourir de faim au cœur d'une forêt.

— Et de froid ?

— Ah, de froid, bien sûr... Vous n'avez apporté que ce petit pull ?

— Non : j'ai aussi un blouson dans mon sac. Vous croyez que ce sera suffisant ?

— Je ne crois rien du tout. Mais, si ce n'est pas suffisant, je vous passerai un chandail. J'en ai pris deux, par précaution.

— Parce que, reprit la voix féminine d'un ton acerbe, vous envisagiez de vous perdre, avant même de partir ?

— Non, chère Magali : je n'envisageais rien de semblable. Personne ne part en excursion en se disant : « Je ne rentrerai pas ce soir. » Mais personne non plus ne peut parier qu'il reviendra dans les délais prévus. L'accident, ça existe tout de même, non ?

— Ça ne devrait pas exister. Surtout quand on a charge d'âme.

Le type soupira.

— D'accord. J'ai péché par... Par quoi, au fait ? J'ai une carte d'état-major, une lampe électrique, deux chandails dont un pour vous, des œufs durs, des pommes, un litre de thé dans une bouteille Thermos... J'ai même commandé au ciel un magnifique clair de lune. Pour le moment, vous n'avez pas d'inquiétude à vous faire.

— Je ne suis pas vraiment inquiète.

L'obscurité ne m'effraie pas, même en pleine forêt. Et personne ne m'attend avant demain.

— Le problème, dit Raphaël, c'est que, depuis que la nuit est tombée, on a un peu plus de mal à trouver des repères. Sinon, je suis tout à fait capable de lire une carte d'état-major : j'ai fait mon service dans l'artillerie.

— Je ne vous demande pas d'envoyer des obus sur ma maison, mais de m'y ramener.

— Tiens, c'est une idée, ça ! Si j'avais un petit canon, je pourrais envoyer des messages de détresse !

— Cela vous va bien de faire de l'esprit.

— Je vous promets que c'est le dernier de mes soucis.

— Je suis fatiguée, je m'arrête.

— C'est une idée. Comme nous ne savons pas où nous allons, autant n'aller nulle part.

Les deux promeneurs posèrent leur arrière-train sur le sol raboteux.

— Vous n'avez pas un peu faim ? demanda Raphaël.

— Quelle heure est-il ?

— Minuit moins vingt.

— Parfait : réveillonnons. Pour moi, ce sera : du boudin, de la dinde et de la tarte aux prunes.

— Je regrette : j'ai seulement des œufs

durs et des pommes, vous le savez bien. Et encore : pas beaucoup.

— Comment, pas beaucoup ?

— Ben non : nous avons déjà entamé mes provisions, vers sept heures, vous ne vous souvenez pas ?

— Vous avez raison. Que tout cela me semble loin !

— Tenez-moi la lampe.

La torche changea de main. Raphaël ouvrit son sac et en tira une boîte ronde en matière plastique et un sac en papier.

— Prenez : ceci est votre rôti, ceci est votre dessert. Attendez. Il me semble qu'il restait aussi un quignon de pain.

Il farfouilla de nouveau à l'aveuglette.

— Le voici. J'ai aussi un petit couteau, pour partager. Vous le voulez ?

— Merci.

Elle éplucha un œuf, puis le trancha selon un de ses grands axes.

— Je vous donne le gros bout ?

— Je prendrai ce que vous me laisserez, déclara noblement Raphaël. Mangez à votre faim.

— De toute façon, je ne mangerai pas à ma faim. Je suis tout de même sensible à la galanterie de votre geste.

— Laquelle ne saurait vous étonner, j'en suis certain.

— Remarquez, quand je dis que personne ne m'attend avant demain matin, c'est une façon de parler : si Ambroise essaie de me joindre ce soir et ne me trouve pas, il va se croire obligé d'ameuter tout le quartier.

— Il a le caractère émeutier ?

— Cela dépend des jours.

— S'il devait le faire, il l'a déjà fait. Cela ne devrait donc plus vous inquiéter.

— Oui. Est-ce une vraie consolation ?

Raphaël attaqua le blanc d'un œuf du bout des dents.

— Je n'en sais rien. Vous n'avez dit à personne que vous partiez en mission avec moi ?

— Bien sûr que si. Mon frère et ma belle-sœur sont au courant, notamment. Mais Ambroise pensera-t-il à leur téléphoner ?

— S'il se fait vraiment du souci, il y pensera.

— Peut-être qu'il n'osera pas.

— Et son inquiétude vous inquiète ?

— Comme ça, répondit Magali sans conviction. Elle m'agacerait, plutôt. Je n'aime ni m'inquiéter ni inquiéter les gens. Ce doit être ma façon à moi de défendre ma liberté.

— D'où connaissez-vous cet Ambroise ? Il appartient à la Société ornithologique ?

Magali cracha un fragment de coquille entre ses genoux.

— Non. C'est une relation de travail. Je

ne crois pas qu'il s'intéresse aux oiseaux. Sauf sous forme de brochettes.

— Ce n'est peut-être pas la plus mauvaise façon de les aimer.

— Raphaël ! Comment pouvez-vous dire ça ?

— Je dis ça parce que j'ai la bouche pleine d'œuf dur, et que ça me donne des idées de meurtre.

Il avala, avec une ostensible difficulté.

— Il vous fait la cour, Ambroise ? reprit l'oophage.

— Peut-on appeler ça « faire la cour » ? Il est gentil. Il a des attentions. Il est peut-être trop timide pour s'avancer davantage.

— Et, heu... il vous plaît ?

— Il n'est pas très beau, ni très intelligent, j'en ai peur, si c'est à cela que vous pensez. Mais moi non plus, je ne suis pas belle.

— Ne dites pas cela, Magali.

— J'ai appris à lire dans le regard des hommes. Je n'y ai jamais trouvé de l'amour. Autre chose, oui. Qui n'est pas forcément désagréable, d'ailleurs. On se sent tout de même exister.

— Mais... je croyais avoir compris qu'Ambroise était réellement amoureux de vous ?

— Je ne le crois pas. Il est possible qu'il le croie, lui, mais je ne le crois pas. Il s'est attaché à moi, c'est différent. Est-ce que ça suffira à me retenir, je ne le sais pas encore.

Raphaël eut un petit rire sans méchanceté.

— Vous me semblez partie pour une aventure bien peu aventureuse, non ?

Elle haussa les épaules dans l'ombre.

— Il est encore trop tôt pour le dire, je vous le répète. Il vous reste une pomme ?

— Une petite. Elle ne vous fera pas dix bouchées.

— Donnez toujours.

Raphaël tendit sa main, qu'elle trouva à tâtons. Elle saisit la pomme, bien petite, en effet, dit merci et se mit à mordre à petits coups la chair craquante et parfumée.

— Vous êtes content, glissa-t-elle entre la quatrième et l'antépénultième bouchée, de ce que vous avez fait ce soir ?

— Je ne sais pas encore. Il faut prendre le temps de l'écouter tranquillement. A première vue. Je devrais dire : à première ouïe, oui !

— En tout cas, vous êtes parvenu à l'enregistrer, le *Follis vervieri* ! Plus personne ne pourra prétendre que ce que vous aviez réellement vu, à trois reprises, au bout de vos jumelles, n'était qu'un plumassier banal !

— A condition, justement, que l'enregistrement soit réussi.

— Même s'il n'est pas très réussi, je veux

dire sur le plan technique, ou musical, il est impossible de confondre son chant avec celui d'un autre oiseau. Et je pourrai témoigner que c'est bien ici que je l'ai entendu, de mes propres oreilles, et que vous l'avez enregistré !

L'ornithologue roula le sac de papier en boule, mit la boule dans la boîte en plastique dans son sac.

— En tout cas, ajouta-t-il, merci d'avoir accepté cette corvée.

— Ne dites pas cela, Raphaël : ce n'était pas une corvée, vous le savez bien.

— Attendez : cela pourrait bien en devenir une, d'ici la fin de la nuit.

— Franchement, je ne me fais pas trop de soucis : le jour se lèvera bien demain matin...

— Pour en revenir au *Follis vervieri*, je comprends très bien le scepticisme des spécialistes, parce qu'on ne l'a jamais rencontré, jusqu'ici, au sud de la Loire. Il faudrait presque dire : au sud de l'Authie, ou de la Canche ! Alors, vous imaginez en pleine forêt de Grésigne ! A la place de nos camarades professeurs, j'aurais certainement eu la même réaction : après tout, je ne suis qu'un amateur.

— Un amateur plus compétent que bien des spécialistes, j'en ai eu plusieurs fois la preuve ! Sur le terrain, en tous les cas.

— Oui. Remarquez : c'est une compétence que nos amis ne me contestent pas. Ils savent bien que je connais le pays dix fois mieux qu'eux, pour l'avoir parcouru dans tous les sens depuis une bonne trentaine d'années. La preuve, c'est qu'ils me demandent souvent de leur servir de guide, et qu'ils ont bien voulu m'élire vice-président de la Société ornithologique du Bas-Quercy ! Ce n'est pas rien, tout de même !

— Heureusement qu'ils ne sont pas avec nous ce soir ! Votre connaissance du pays en prendrait un vieux coup…

— Ça, faut dire… Et ce n'est pas fini, j'en ai peur. Il y a un point de repère qui me manque. Le clair de lune doit modifier les perspectives. Vous ne voulez pas encore un peu de thé ? Je crois qu'il en reste.

— Donnez-moi ce que vous avez. A votre bon cœur, monsieur.

Raphaël tira une bouteille Thermos de son sac et dévissa le gobelet de plastique qui recouvrait le bouchon. Il le remplit et le tendit à Magali.

— Merci, dit-elle.

Elle se mit à boire à petits coups de la langue, parce que le liquide était encore trop chaud.

— Le plus agaçant, reprit Raphaël, c'est que je ne sais pas à quel moment je me suis perdu. Nous avons laissé la voiture au pont du Renard. Nous sommes tout de suite montés, plein nord-ouest, par le chemin des Moulinas. Au bout de seize ou dix-sept cents mètres, nous avons obliqué vers le nord-est. J'ai retrouvé mon affût. Nous nous sommes installés, et nous avons attendu. La nuit est tombée. Le zizi-panpan s'est mis à chanter. Nous l'avons enregistré pendant environ une demi-heure. Puis, nous avons estimé que l'expérience était suffisamment concluante et la présence de l'oiseau suffisamment démontrée. Nous avons remballé le matériel, et nous sommes repartis. C'est à partir de là que les choses s'obscurcissent : à quel moment ai-je tourné à droite au lieu de prendre à gauche ? Ou vice versa ? Je n'en sais fichtre rien. Toujours est-il que je suis perdu...

Elle siffla les dernières gouttes du liquide et tendit le gobelet à son compagnon.

— Et chez vous, dit-elle, personne ne va s'inquiéter de votre absence ?

— Oh moi, vous savez, pour que Solange s'inquiète !

Il versa du thé dans sa timbale et se mit à le siroter.

— Il faudrait déjà qu'elle s'aperçoive que je ne suis pas rentré.

— Comment cela ?

— Bof. Est-ce bien nécessaire de vous répéter ce que le moitié de Gaillac sait déjà ? Que mon épouse, non légitime Dieu soit loué, découche trois jours sur quatre ?

— Pardonnez-moi, Raphaël. Comme j'habite Castelnau, j'ignore ce que savent les deux moitiés de Gaillac.

— Maintenant, vous le savez aussi.

Un petit temps. Une branche craqua au-dessus de leurs têtes et tomba en traversant lentement les feuillages.

— Mais alors, dit Magali, mais alors... Pourquoi revient-elle le quatrième jour, en supposant que cette question ait un sens ?

— Elle en a un : Solange revient vers le havre, vers la maison-mère, vers les racines. Le reste du temps, elle butine. Ou, plus précisément : elle papillonne.

— Ah bon ? Parce qu'elle n'a pas...

— Non : elle n'a pas un engagement fixe, un soupirant attitré, qui aurait pris raisonnablement ma place, qui pourrait la rendre plus heureuse que je ne l'ai fait, lui offrir le gîte, le couvert et l'affection qu'elle mérite certainement. Non. Non. Je ne sais pas pourquoi, du reste. Mais non.

— Mais alors, vous... Pourquoi acceptez-vous ?

Il but la dernière gorgée de thé en faisant du bruit avec sa gorge.

— Ah, ma chère Magali, pourquoi ? Voilà une question à la fois simple et cruelle. Et peut-être philosophique, allez savoir. Pourquoi fait-on les choses ? Pourquoi ne les fait-on pas ? Surtout : pourquoi accepte-t-on ceci ou cela ? Je ne sais pas répondre. Je ne sais vraiment pas. L'habitude, sans doute. La fatigue. Je n'ai pas le caractère à jeter quelqu'un à la porte. Et j'aime ma maison. Je ne veux pas la quitter. Alors ? Pitié ? Lâcheté ? Indifférence ? Qu'en pensez-vous ?

— Je n'en pense rien. Je ne peux rien en penser. Je ne sais pas de quoi vous parlez. Il me semble que je ne pourrais pas supporter l'incertitude. Plus que l'incertitude : la certitude de l'incertain. Je veux savoir à quoi m'en tenir sur les gens qui m'entourent. Je veux le savoir en permanence, à chaque instant. Je suppose que ce sera plus vrai encore avec celui qui partagera ma vie. Si quelqu'un la partage un jour, bien entendu.

Raphaël soupira, puis :

— On dit toujours ça avant. On le pense. On s'efforce de le mettre en pratique. Et puis, les choses changent. Lentement. Il faut vous dire ça, Magali : *lentement*. On n'a jamais les moyens de s'en apercevoir. Un jour, on découvre que la situation est devenue différente, elle aussi. Et soi-même, est-on vraiment toujours comme avant ? Je vous souhaite de conserver longtemps vos certitudes actuelles.

— Je n'ai pas vraiment de certitudes.

— Alors, disons ce qui en tient lieu. Cette fois, je crois que nous sommes venus à bout de nos provisions. Il me reste un demi-trognon de pomme, si cela ne vous gêne pas de mordre après moi.

— Je ne suis plus assez affamée pour accepter les trognons. Gardez-le-moi pour demain matin, si vous avez de la place dans votre sac.

— Ce n'est pas la place qui manque : tout le reste a disparu !

— Alors : vous croyez que nous ferions bien de nous coucher en rond et d'attendre le lever du soleil ? Ce qui m'ennuie, c'est que je suis un peu frileuse.

— Si cela devient nécessaire, je vous trouverai un abri.

— Je sais bien que vous connaissez tous les nids du département. Mais je risque d'être plus difficile à caser qu'un *Follis vervieri*.

— C'est ce que nous verrons.

Raphaël noua les cordonnets qui fermaient son bagage et se mit debout.

— On repart ?

La jeune femme se leva à son tour.

— Si vous voulez, dit-elle. Mais dans quelle direction ?

— J'ai envie d'aller jeter un coup d'œil par là.

Il tendit le bras avec la torche au bout.

Elle ne vit rien d'autre que des buissons de cade et de bruyère, les feuillages de chêne et des gouffres d'obscurité.

— Tout à l'heure, en arrivant, il m'a semblé apercevoir une sorte d'éclaircie entre les arbres. J'y verrai peut-être assez loin pour me repérer. Après tout, depuis la tombée de la nuit, nous ne sommes pas sortis de la forêt, mais nous avons toujours suivi une ligne de crête. Il faudra bien que nous finissions par atteindre un endroit qui domine quelque chose !

— Le ciel vous entende !

— C'est lui qui me parle, et moi qui l'entends. Vous préférez m'attendre ici ?

— Oh non ! Avec vous, je n'ai pas peur. Mais je n'aurais pas le courage de rester toute seule !

— Alors, allons-y.

Ils se mirent à marcher, l'un derrière l'autre, sur le sol caillouteux. Celui qui tenait la lampe allait devant et s'efforçait de percer les ténèbres qui les entouraient.

— J'aime infiniment cette forêt, dit-il. J'aime ces arbres, ces buissons, ces odeurs, ces bruits, toute cette vie secrète que je devine sans la voir. Je l'aime comme on pourrait aimer l'intérieur de son propre corps, le sang qui circule, le cœur qui bat, les poumons qui brassent, les reins qui filtrent, le foie qui lutte, les doigts qui s'agitent, les articulations qui craquent, tout cela dans le profond de l'ombre, dans l'indivisible, pour que je puisse continuer à vivre, à être un homme, à apprendre. Rien n'est plus beau qu'une forêt le jour, plus émouvant qu'une forêt la nuit !

— Quand vous parlez aux femmes, dit doucement Magali, vous êtes aussi éloquent ?

— Je ne sais pas. Il y a tout de même longtemps que cela ne m'est pas réellement arrivé. Cela doit dépendre des femmes. Certaines sont aussi belles que les arbres.

— Alors, vous devez être irrésistible !

— Mais je le suis, chère Magali ! Surtout quand on m'entend la nuit ! Je rivalise avec la hulotte et le rossignol ! Tenez, qu'est-ce que je vous disais ? Nous atteignons le rebord d'une arête. D'ici, nous devrions… Hmm. Je dois admettre que cela ne me dit pas grand-chose.

Ils étaient arrivés sur une sorte de belvédère. A leurs pieds s'ouvrait l'abîme indéchiffrable d'une vallée obscure. En face, la lune faisait luire, à contrejour, l'arête d'une colline proche et cependant inaccessible. Au-delà, des croupes arrondies et des échines pointues se figeaient dans un instantané démodé.

Raphaël hésita.

— Ça ne vous rappelle pas quelque chose ? demanda timidement Magali.

— Pas pour le moment. Il faut dire que nous ne voyons encore qu'un petit bout du panorama. Attendez, je vais essayer de m'approcher un peu plus du bord.

— Faites attention, Raphaël ! On n'y voit rien, n'allez pas tomber !

— Je vois très bien où je mets les pieds, rassurez-vous. Ne bougez pas. Oui, je domine un peu mieux. Je distingue l'entrée du vallon... Remarquez, cela ne m'avance pas tellement, parce que, pour le moment... Ah, mais si !

— Vous reconnaissez l'endroit ?

— Non. Mais j'aperçois un bout de toit que la lune fait vaguement briller. J'espère que c'est bien un bout de toit !

— Et ça nous avance vraiment ? demanda la jeune femme avec une ombre de déception dans la voix.

— Mais voyons, Magali : un toit, c'est une maison ! Et s'il y a une maison, nous sommes sauvés !

— Nous sommes sauvés s'il y a quelqu'un dedans !

— Pas du tout, mon amie. Une maison, cela représente deux choses différentes et complémentaires. C'est d'abord un abri pour la nuit, si elle n'est pas ruinée de fond en comble. Mais c'est aussi un chemin ! Une maison est presque toujours au bord, ou à l'extrémité d'un chemin ! Et un chemin conduit forcément quelque part ! Donc, nous ne sommes plus perdus.

— A condition de trouver la maison.

— Pour ça, dit Raphaël résolument, vous pouvez me faire confiance. Maintenant que j'ai un point de repère, je ne le lâcherai plus. Dans moins d'une heure, sauf accident, nous serons sur la route du retour.

Magali soupira.

— Dommage. J'aimais bien être perdue avec vous dans cette montagne. Cela me changeait de ma petite vie quotidienne, du travail de bureau, des plaisanteries des collègues, du self-service, de toutes ces choses pas vraiment désagréables, mais un peu médiocres.

Raphaël se tourna vers elle, mais elle s'en aperçut à peine.

— Et Ambroise ? murmura-t-il.

— Hé bien, oui : et Ambroise !

— On peut se perdre ailleurs que dans une forêt.

— Vous aimez trop les arbres.

Il se mit à rire, plutôt gaiement, semblait-il.

— Mais je ne rêve pas de vivre avec un arbre.

— Nous reviendrons écouter le *Follis vervieri*, de temps en temps ?

— C'est vous qui déciderez.

— Alors, c'est tout décidé. Vous m'aidez à descendre ?

— Donnez-moi la main… Merci. Je passe devant. N'ayez pas peur, tenez-moi bien. Et ne me lâchez pas.

— Je ne vous lâcherai pas, dit Magali.

Ils commencèrent à descendre le long de la pente. La terre caillouteuse glissait sous leurs semelles.

On aurait pu entendre leurs pas s'éloigner dans le silence animé du vallon.

LE MAGE DU XXe ARRONDISSEMENT

L'escalier n'était pas très bien éclairé. Pauvre, mais propre. On voyait que le concierge le balayait tous les jours. La jeune fille grimpa jusqu'au quatrième étage, marche après marche, sans tenir la rampe. Elle était à peine essoufflée quand elle s'arrêta.

Sur la porte de bois verni, un masque nègre en ébène, avec un menton pointu et des paupières effilées, servait de marteau. La visiteuse frappa trois coups.

Des pas lents et plutôt lourds se firent entendre de l'autre côté. Puis, la porte s'ouvrit sur un bel homme noir enveloppé dans une tunique de soie blanche, ornée de quelques broderies qui paraissaient précieuses.

— Bonsoir, monsieur, dit la jeune fille. J'ai rendez-vous avec le professeur Samba Diouf.

— Parfaitement. Vous êtes mademoiselle Lefèvre ?

— Oui.

— Entrez. Je vous attendais.

Il avait une belle voix grave et parlait avec une certaine affectation, comme les gens dont le français n'est pas la langue maternelle, mais qui le connaissent admirablement.

Elle le suivit le long d'un petit couloir. Ils atteignirent le seuil d'une pièce aux lumières voilées, dont les murs disparaissaient sous des objets étranges, aux origines mal définies.

— Par ici, dit le professeur. Ne faites pas attention au désordre, s'il vous plaît : nous avons eu cet après-midi une séance très agitée. Les esprits se sont manifestés avec beaucoup de violence. Je n'ai pas eu le temps de ranger, excusez-moi.

— Ce n'est rien, monsieur, dit la visiteuse.

— Asseyez-vous.

— Merci.

Le professeur s'assit à son tour, derrière une vaste table encombrée, comme les murs, de produits exotiques, mais aussi de papiers plus nettement occidentaux : prospectus, enveloppes à en-tête, factures et chèques multicolores retenus par une grosse épingle à linge en maillechort doré. Il en remua quelques-uns.

— Voyons, dit-il, d'après la fiche que j'ai rédigée quand vous m'avez téléphoné, vous avez l'impression que votre amoureux vous délaisse…

— Ce n'est pas une impression, monsieur ! Il en aime une autre, j'en suis sûre !

— Et vous voulez le retrouver. C'est bien ça ?

— Oui, monsieur, dit-elle faiblement.

— Bien. Je veux dire : votre cas est assez simple. Beaucoup de jeunes femmes, et même des moins jeunes, viennent me voir pour un problème identique. Des hommes aussi, d'ailleurs, mais plus rarement.

— On m'a dit que vous obtenez des résultats, euh, étonnants.

— Il ne faut rien exagérer, dit le mage satisfait. Mais il est vrai que j'ai appris, des vieux sages de différents pays, un certain nombre de techniques assez efficaces. Tout le problème est de savoir jusqu'à quel point les personnes qui ont besoin d'aide sont également capables de s'aider elles-mêmes.

Tout seul, je ne peux rien. Je ne suis qu'une sorte d'outil, de support, de pivot sur lequel viennent se fixer la force et la volonté de mes patients. Mais ne vous inquiétez pas : j'ai l'intuition que vous ne manquez ni de force ni de volonté.

— Je ne sais pas. Jusqu'ici, je n'ai pas eu à me poser ce genre de questions.

— Je suis bien sûr que si, au contraire. Voyons : où travaillez-vous ?

— Je suis professeur de collège.

— Professeur de quoi ?

— Français, latin, grec.

— Hé bien, reprit le sorcier en souriant, je suis certain que pour enseigner le français, le latin et le grec à des jeunes gens mal élevés, il ne faut pas manquer de caractère !

— Ils ne sont pas tous mal élevés.

— Bien sûr : c'était une façon de parler. La question que l'on peut se poser, et que vous devez vous poser, c'est : « Comment se fait-il que ces qualités que je manifeste dans mon travail quotidien ne me sont d'aucun secours dans ma vie privée ? »

— Ce qui m'intéresse en ce moment, dit la demoiselle résolument, ce n'est pas la question, mais la réponse que vous lui apporterez.

— Hé bien, nous allons essayer d'y répondre ensemble.

Elle se tortilla timidement sur sa chaise.

— Je croyais que vous aviez des moyens plus, plus directs pour aider les gens qui viennent vous voir.

— Vous voulez dire : les chouettes, les bougies, les cercles magiques ?

— Ben : oui.

— Cela viendra en son temps. Les esprits ne se manifestent pas n'importe quand, et pas n'importe comment. Il faut leur préparer le terrain. C'est ce que nous nous efforcerons de faire. Voyons. Comment s'appelle votre ami ? Son prénom me suffira.

— Patrick.

— Ah ? Mauvais, ça : très mauvais ! Les Patrick sont des esprits frivoles !

— Vous croyez ? fit-elle, saisie.

— Ce n'est pas moi qui crois cela, mademoiselle : c'est l'onomastique ! Et vous m'en apportez une preuve de plus !

— Alors, il n'y a aucun espoir ?

— On ne peut jamais dire qu'il n'y a aucun espoir. Surtout quand on vient consulter le professeur Samba Diouf. Mais il y a des espoirs plus grands que d'autres.

— Je vois. Et le mien est tout petit ?

— Je ne dis pas cela. Vous m'avez apporté une mèche de ses cheveux ?

— Je ne suis pas arrivée à lui en couper une. Il est très soucieux de son apparence physique, vous savez. Il ne me laisserait pas m'approcher de lui avec des ciseaux à la main.

— On ne peut pas lui en vouloir, dit le professeur en souriant.

— J'ai seulement pu récolter trois rognures d'ongles.

— Excellent, ça ! Les rognures d'ongles sont des vecteurs extrêmement puissants de l'action des forces occultes. Faites voir.

Elle déplia un fragment déchiré de papier ménager. Quelques misérables débris y stagnaient, irrégulièrement taillés, grisâtres, avec des ombres plus obscures ici ou là.

— Admirable ! Chère mademoiselle, sur ces simples fragments, je puis vous garantir le succès ! Patrick vous reviendra, soyez-en sûre !

— Si vous pouviez dire vrai !

— Mais je dis vrai ! La seule chose que je ne puisse vous promettre, c'est que vous serez heureuse, je veux dire : profondément heureuse, de son retour.

Elle fronça de mignons sourcils au-dessus de son joli nez.

— Pourquoi me parlez-vous ainsi ? demanda-t-elle.

Le professeur éleva ses deux mains élégantes vers ses clavicules, puis les écarta dans un geste large.

— Cela n'a rien de très mystérieux, mademoiselle. Depuis combien de temps êtes-vous amoureuse de votre Patrick ?

Elle haussa les épaules.

— Je ne sais plus : quatre mois, cinq mois… Attendez : je crois que cela remonte à la Toussaint.

— Cela fait donc quatre mois et demi. Vous avez eu à peine le temps d'apprécier ses qualités. Maintenant, il vous reste à découvrir ses défauts.

— Je suis prête à les affronter, pourvu qu'il me revienne vite !

— Même celui qu'il vient de vous révéler ?

— De quoi parlez-vous ?

— Mais, mademoiselle, pourquoi êtes-vous venue me voir ? N'est-il pas en train de vous quitter pour une autre ?

Elle rougit.

— C'est un accident. Je suis sûre que c'est un accident. Une étourderie d'enfant gâté. S'il me revient, je saurai le retenir.

— Comme vous voudrez.

— Je ne comprends pas votre attitude, dit-elle, avec une ombre d'acrimonie. On dirait que vous ne voulez pas m'aider ?

— Ne croyez pas cela, mademoiselle. Je cherche seulement le meilleur moyen de le faire. Et je crains que ce ne soit pas celui que vous avez choisi.

Elle secoua sa tête bouclée.

— Tans pis. C'est ce que je veux. Rendez-le-moi.

— Notez bien, observa-t-il, je me doutais que vous me répondriez ainsi. C'est pourquoi je vous ai demandé de venir à minuit : c'est l'heure des sortilèges, dans mon pays comme dans le vôtre. Allez vous asseoir sur ce divan, là-bas. J'ai besoin d'un peu de place pour préparer mes diableries.

Elle s'éloigna. Le mage ouvrit des fioles, déboucha des carafes, remplit des burettes, agita des bouteilles, secoua des flacons, branla des ampoules, vida des calebasses. Sous l'avare clarté de sa lampe de bureau, cela faisait tourbillonner des lumières bariolées.

— Je vais maintenant, dit-il, réunir vos prénoms. Vous le voyez, je prends un petit rouleau d'un papier particulier, fabriqué à partir de feuilles de palissandre et de palétuvier. Il ne conviendrait pas pour la correspondance ou l'imprimerie, parce qu'il est beaucoup trop fragile, mais il a la propriété d'absorber profondément les couleurs. J'utilise trois encres, que je compose moi-même avec des teintures végétales tirées de plantes africaines…

Il parlait plus rapidement, comme quelqu'un qui répète un discours longuement énoncé.

— … L'une est noire : c'est avec elle que

j'écrirai le nom de Patrick, parce que le noir est la couleur de l'éloignement, de la disparition et de la mort.

Il le fit, tout en le disant.

— Et j'écrirai le vôtre en rouge, qui est la couleur de la passion et de la vie. Quel est votre prénom, mademoiselle ?

— Evelyne.

Il écrivit encore.

— Evelyne. Voilà. Une troisième encore, incolore celle-là, va réunir vos prénoms dans une volute particulière, qui est la boucle de l'union parfaite. Les prénoms symbolisent les âmes, les voici attachés pour la vie, et pour l'éternité…

Il sourit.

— S'il y a une éternité, n'est-ce pas ?

Elle sourit elle aussi, mais sans gaieté, semblait-il.

— Je ne vous en demande pas tant…

— Pourquoi pas, répondit-il plus gravement, si l'on peut ?

Il poursuivit ses manipulations inoffensives.

— Maintenant, je plie cette feuille suivant une géométrie sacrée, qui appelle sur elle l'attention des esprits du feu, lesquels gouvernent le désir des hommes, et celle des divinités de l'eau, qui protègent la tendresse des femmes. Je la place dans cette coupe à sacrifices qui, pendant plus de cent cinquante ans, a recueilli le sang des bêtes égorgées, mais qui ne contiendra ce soir que des cendres, les cendres de votre tristesse et de votre désespoir, quand, tout à l'heure, je brûlerai rituellement, autour de vos prénoms, les poudres liturgiques. Pour le moment, je dois seulement allumer ces trois chandelles, faites avec du suif, premièrement de bélier, deuxièmement d'antilope, troisièmement de phacochère, et que j'ai disposées en un triangle primitif autour de la coupe à sacrifices. Et maintenant, descendons quelques minutes en nous-mêmes, pénétrons en ce que nous avons de plus obscur, et concentrons-nous sur ce que nous désirons obtenir.

Il y eut un léger temps. Puis, l'opérateur se mit à psalmodier des paroles incompréhensibles. Les yeux écarquillés, le cœur battant, la demoiselle se tenait coite, s'efforçant de se concentrer sur, sur ce qu'on lui avait dit de, de…

Soudain, le mage s'interrompit. Il leva les yeux sur sa cliente et lui demanda doucement :

— Vous vous appelez Evelyne Lefèvre ?

— Oui, monsieur.

— J'ai connu un Lefèvre, quand j'étais étudiant. Il avait une sœur, beaucoup plus jeune que lui, qui s'appelait également Evelyne.

— Et lui, comment s'appelait-il ?

— Thomas.

— C'est bien mon frère.

Elle considéra curieusement le beau visage noir qui se trouvait devant elle.

— Mais alors, c'est vous, l'ami africain de Thomas ?

— Sans doute. A moins qu'il en ait eu plusieurs.

— Non, non. C'est bien vous. Je ne vous aurais pas reconnu.

— Cela ne m'étonne pas : j'ai quinze ans de plus, et ma barbe a poussé !

— Et puis, vous ne vous appeliez pas...

— Non, naturellement.

Elle plissa les yeux.

— Attendez. Je vais essayer de me souvenir... N'est-ce pas Massamba ?

Il sourit de tous ses yeux.

— Massamba Youlou, oui. Vous avez une bonne mémoire.

— Je n'arrive pas à m'y faire. Voyons, quand vous étiez l'ami de Thomas, vous ne prépariez pas avec lui les sciences politiques ?

— Effectivement.

— Mais mon frère disait que vous étiez un sujet brillant ! Il avait beaucoup d'admiration pour vous.

— Vous exagérez, mademoiselle.

— Pas du tout, je vous assure : cela m'avait frappée.

— Alors, c'est lui qui exagérait.

Elle rêva quelques secondes en tirant machinalement sur sa jupe.

— Apparemment, vous avez renoncé à... à la carrière que vous envisagiez alors ?

Il soupira.

— C'est elle qui a renoncé à moi. Vous savez, les études sont coûteuses, en France, pour un étranger. Je n'ai pu entreprendre les miennes que parce que mon père avait un poste important dans l'administration de mon pays. Avant que j'aie pu les terminer, un changement de régime a jeté mon père sur le pavé. Sa fortune personnelle était dérisoire. Plusieurs de mes amis, dont votre frère Thomas, ont essayé de m'aider, mais n'y sont pas parvenus. J'ai dû quitter la France et me mettre au travail. J'ai trouvé un emploi chez un exportateur d'arachides et de bois exotiques. J'aurais pu m'y tailler une place honorable, si mon père ne s'était pas fait des ennemis irréductibles parmi les nouveaux chefs du pays. On l'a mis en prison. Je n'ai plus de nouvelles de lui : il est peut-être mort à l'heure qu'il est. Toute ma famille est dispersée. J'ai choisi de revenir en France. Voilà tout.

— Vraiment ?

Il hésita.

— Non. Pas vraiment.

— Vous n'avez pas essayé de revoir Thomas, n'est-ce pas ?

— Si. Une seule fois.

La voix du type devint grave.

— Nos chemins se sont trop séparés. Je suis devenu un prolétaire, maintenant. Un prolétaire de l'esprit, je veux dire, de la pensée. Sur le plan matériel, je n'ai pas à me plaindre.

— Thomas n'est pas un aristocrate. Enfin, je ne crois pas.

— Moi non plus, je ne le crois pas. Mais pensez-vous que je puisse lui parler de mon travail actuel ? Et lui faire part de mes observations sur le sien ? Nous serions ridicules l'un et l'autre !

— Pourquoi ? Thomas est tout à fait capable de respecter une science étrangère à sa culture et à l'enseignement qu'il a reçu !

Le professeur Samba Diouf hocha la tête tristement.

— Je le sais bien. Mais pourquoi respecterait-il ce que l'on peut raisonnablement considérer comme une imposture ?

Il y eut un temps, assez long, chargé de sens pour quelqu'un qui y aurait pris garde.

— Je vois, murmura enfin la jeune fille. Vous êtes en train de me dire que je n'aurais pas dû venir vous consulter.

— Je souhaitais seulement que la petite

sœur de mon meilleur ami le comprenne toute seule.

— Ne vous inquiétez pas : elle a compris.

— Merci.

Elle leva sur lui des yeux brillants de reproche.

— En d'autres termes, vous trompez le monde : vos sortilèges sont du flan, vos conjurations du bidon !

— Pas tout à fait, non, répondit-il sans élever la voix.

— C'est ce que vous venez de me dire.

— Je ne vous l'ai pas dit en ces termes. Vous avez peut-être raison en ce qui concerne mes tours de passe-passe, mais vous oubliez tout le reste : ce qui est de l'ordre de la consolation, du réconfort, de l'espoir.

— Un espoir en quelque chose qui ne se réalise jamais !

— Qui se réalise parfois, surtout si l'on y met du sien. On ne vous a donc pas appris, dans vos manuels de psychologie, la force extraordinaire de la conviction ? Quand un être se mobilise entièrement vers un but auquel il tient par-dessus tout, il arrive qu'il fasse tourner les aiguilles du destin, qu'il bouscule le déterminisme, qu'il renverse les lois de la causalité. Qu'importe alors ce qui agit, de mes singeries ou de l'énergie et de la confiance que je parviens à donner à mes clients ?

Elle insista ;

— Mais vous n'agissez que sur celui qui vient vous voir, pas sur ceux qui sont loin de vous !

— Est-ce si négligeable ?

— Pour moi, oui.

Le professeur Samba Diouf jouait avec un crayon.

— Ne croyez pas cela, dit-il, presque machinalement. Quand celui qui vient me voir parvient à modifier son comportement, il modifie souvent aussi celui de son entourage. Si l'homme que vous aimez vous a quittée pour une autre, c'est peut-être parce qu'il vous a trouvée moins aimable.

— Taisez-vous !

— Comme vous voudrez.

— Je sais bien, reprit-elle tristement, que je me suis trompée. D'ailleurs, pour ne pas le savoir, il faudrait que je sois à la fois sourde et aveugle, parce que cela me crevait les yeux, et que tout le monde me l'a cent fois répété. Qu'y a-t-il au fond de certaines femmes, qui les jette dans les bras des hommes les plus méprisables : menteurs, coureurs, lâches et paresseux ? Comment échapper à ce vertige, à cette fascination ?

— Il me semble que c'est ce que vous êtes en train de faire. Vous ne croyez pas ?

— Non. Je crois au contraire que je m'enfonce. Je suis venue vous voir parce que je m'imaginais que vous pouviez le transformer, en faire de nouveau l'homme que j'ai aimé — que j'ai cru aimer, si cela peut vous faire plaisir.

— Une seule chose peut me faire plaisir : c'est de vous voir heureuse.

Elle haussa les épaules.

— Et vous me dites que cela dépend de moi ! Je n'y arriverai jamais !

— Mais si, Evelyne : vous avez déjà commencé.

— C'est trop difficile...

Une petite larme brillait dans son œil gauche.

— Vous croyez vraiment que... que vos charmes ne peuvent pas agir sur Patrick ?

— Je n'aimerais pas l'idée que j'ai trompé la petite sœur de Thomas.

— Essayez de me considérer comme une cliente ordinaire.

— C'est moi que je n'arrive pas à considérer comme un thaumaturge ordinaire. Aucun de mes sortilèges n'a jamais fonctionné jusqu'ici, comprenez-vous ? Attendez. Pardonnez-moi une seconde : il faut que j'éteigne ces chandelles devenues inutiles.

Il souffla sur les flammes. Trois rubans noirâtres filèrent en se tortillant vers le plafond. La jeune fille se mit à tousser.

— Vous auriez dû les moucher, dit-elle

avec agacement. Cette fumée est insupportable.

Elle toussa de nouveau.

— Oui, fit le mage d'un air surpris. C'est curieux. C'est la première fois que cela se produit.

Du bout de ses longues phalanges, il s'efforça d'écraser les mèches, mais parvint seulement à se brûler les doigts. Il secoua sa main droite en grimaçant. Sa visiteuse leva les yeux vers lui.

— Que vous arrive-t-il? demanda-t-elle, inquiète, soudain.

— Que m'arrive-t-il ?

— On dirait que vos yeux se voilent.

— C'est parce que la lumière baisse.

— Votre voix devient rauque.

— C'est la fumée qui m'irrite la gorge.

— Vos ongles blanchissent.

— Ce doit être le froid.

— Vos pommettes se gonflent.

— Ce sont les ombres de la nuit.

— Vos lèvres s'amincissent.

— C'est que je vous souris.

— Vos oreilles s'allongent.

— C'est pour mieux vous entendre.

— Votre barbe envahit toute votre figure.

— C'est parce que le temps passe.

— Comme vos dents brillent !

— Vous croyez ?

Le professeur Samba Diouf se dressa lentement. Il tendit ses mains ouvertes vers la jeune femme. Elle imita son geste, la poitrine battante et les yeux fixes.

Alors, l'éclat d'un ineffable bonheur s'épanouit sur son visage, et le temps se suspendit pendant quelques fragments d'éternité.

LA MAISON SUR LE CAUSSE

A la vitrine de la librairie, Charles Bredons regardait mélancoliquement le soir et la pluie tomber conjointement sur Aurillac. Pour le soir, ça n'avait commencé qu'une vingtaine de minutes auparavant. La pluie, par contre, n'avait pas arrêté de la journée.

Charles se retourna vers le libraire.

— Vous connaissez un hôtel sympathique et pas cher, dans le quartier ?

— Il y a l'hôtel de la Jordanne, derrière

le palais de justice. Je le connais sans le connaître : je n'y ai jamais couché, je veux dire. Mais il a une assez bonne réputation. Pourquoi ? Vous ne comptez pas rentrer chez vous ?

— Mon moteur a rendu l'âme à pas cinq cents mètres d'ici, juste en arrivant. Quand je dis « mon moteur », j'exagère. Enfin : j'espère que j'exagère. Je crois que c'est l'allumage qui m'a lâché. Quoi qu'il en soit, des trois garagistes que j'ai vus, aucun n'a le temps de s'en occuper avant demain matin. Et je ne vais pas retourner à Salers à pied.

— Ce n'est vraiment pas de chance, dit le libraire.

— Bah, il y a de plus grands malheurs, répondit Charles. Vous avez reçu le Millecam ?

— Avant-hier. Je ne l'ai pas encore ouvert. Je me le garde pour le week-end.

— Vous ne vous garderez rien, parce que je l'emporte.

— Je pense bien, rétorqua le libraire. Mais (il fit un clin d'œil) j'en ai reçu trois.

Une jeune femme s'approcha d'eux. Elle avait une trentaine d'années, des cheveux blonds, des yeux bleus plutôt intelligents et froids. Elle portait un tailleur assez strict, de couleur myosotis. Elle tendit trois volumes au libraire. Celui-ci fit claquer les mâchoires de sa caisse.

— Deux cent cinquante-sept francs, dit-il aimablement. Je vous fais un paquet ?

— Non, merci : un sac plastique me suffira.

Elle tira un carnet de chèques, salit un rectangle de papier au fond duquel se dessinait une ligne de puys et le tendit.

— C'est vous, demanda-t-elle à Charles, qui ne pouvez pas rentrer à Salers ?

— C'est bien moi, hélas.

— J'habite Mauriac. Si je peux vous rapprocher, ce sera avec plaisir.

— Et moi, j'accepte avec enthousiasme ! En vérité, la perspective de coucher à Aurillac, avec le temps qu'il fait et sans chemise de rechange, me remplissait de consternation.

— Je suis garée dans la rue Jules-Ferry.

— Je vous accompagne.

— Non, ce n'est pas la peine de vous mouiller. De toute façon, je passe par ici. Je vous klaxonne dans cinq ou six minutes.

Elle déploya un mignon parapluie à fleurs et sortit, son paquet sous le bras.

— Ravissante, fit le libraire d'un air d'envie. Vous êtes tombé en panne au bon moment.

— Vous la connaissez ?

— Pas plus que ça. Elle passe de temps à autre. Disons toutes les cinq ou six semaines. Elle a l'air assez au courant de la production littéraire. Mais je ne sais rien d'elle.

— Je vous raconterai tout, la prochaine fois.

— Veinard, soupira l'autre.

Cette observation relevait de la plus démagogique hypocrisie. Car ce sympathique commerçant, qui partageait la vie d'un avocat libanais, professait une extrême aversion pour les dames.

Vingt-cinq minutes plus tard, Charles Bredons roulait tranquillement sur la départementale 922, assis dans une confortable Renault 25, à la droite d'une charmante conductrice.

La lumière des phares trouait le rideau d'une pluie fine, mais obstinée. L'essuie-glace gauche clopinait, cognant, à chaque aller-retour, contre la bordure du pare-brise.

— On arrive bientôt au carrefour dont je vous ai parlé, dit Charles. Il y a deux ou trois maisons, vous verrez, ça s'appelle Les Quatre Routes. On coupe la départementale 680, vous la prendrez à droite. D'ailleurs, Salers est indiqué, vous ne pouvez pas vous tromper.

— D'accord.

Un moment plus tard, en effet, un panneau de signalisation, qui portait les éclaboussures rouillées d'un coup de fusil de chasse, sortit de l'ombre.

— Nous y voici, dit Charles.

— J'ai compris : je tourne à droite.

— Il vous reste sept kilomètres à faire, ce qui ne représente pas tout à fait six minutes, car la route est assez bonne, vous allez voir. En tout cas, je vous remercie encore d'avoir bien voulu faire le détour pour me ramener : à cette heure-ci et avec ce temps-là, j'aurais certainement eu du mal à rentrer chez moi.

— Je ne suis pas à un quart d'heure près.

— Remarquez : de Salers, vous pourrez repartir directement sur Mauriac, par le plateau. Vous gagnerez quatre ou cinq kilomètres.

— Je connais la route, je l'ai déjà prise.

La voiture tourna, traversa le hameau et se mit à grimper au-dessus d'un ravin sinueux dont on ne pouvait distinguer le fond.

— Vous venez souvent à Aurillac ? reprit le passager.

— Cela dépend de mon emploi du temps.

— Et... vous fréquentez régulièrement les librairies ?

— Assez régulièrement. Cela vous étonne ?

— Pas du tout. Mais cela me ravit. Parce que, dans le cas contraire, je serais peut-être encore en train de faire du stop sous la pluie, auprès de ma voiture en panne.

— N'exagérons rien : il y a tout de même des automobilistes complaisants.

— Vous, par exemple.

— Pas seulement moi.

Le vallon se resserrait. De jour, le paysage devait être très beau.

— Vous avez aimé le dernier Goncourt ? dit Charles. (Il se croyait tenu d'entretenir la conversation.)

— Pas encore lu. Et vous ?

— C'est un livre superbe. Dépêchez-vous de le lire, vous ne le regretterez pas.

— Je me demande s'il est encore disponible.

— S'il ne l'est plus, je vous le prêterai.

— Pourquoi pas ?

« Ha-ha, pensa le type, on va se revoir ! »

— Il n'y a pas de librairie à Salers ? dit-elle.

— Oh, si ! Mais on n'y trouve pas toujours ce que l'on veut. Des revues littéraires, par exemple. Ou des bouquins sur l'architecture. Je m'intéresse à l'architecture.

— Vous êtes maçon ?

— Non : géomètre. Ce qui me fascine, dans l'architecture, ce sont les rapports qui s'établissent entre les différentes dimensions. Il est tout de même curieux de constater que, depuis deux ou trois mille ans, les grands bâtisseurs ont toujours utilisé des dérivés de la section dorée. Surtout dans la civilisation occidentale, bien entendu.

— Bien entendu, approuva-t-elle gentiment.

Ils se turent. C'est alors que le moteur

toussota, crachotut, éternuit, puis s'arrêtint. On n'entendait plus que le bruit de la pluie et celui des essuie-glaces.

— Oh, non ! gémit la conductrice.

— Évidemment, observa paisiblement le passager : ça, c'est la tuile.

— Comme vous dites !

— Vous allez penser que j'ai le mauvais œil.

— Je ne sais pas. Mais cette voiture était avant-hier chez le concessionnaire, pour la révision des douze mille ! J'irai lui dire deux mots demain, à celui-là !

— Si vous y parvenez.

— Comment ? Ah oui, naturellement ! Mais vous croyez que j'ai l'intention de passer une semaine ici ?

Elle parvint à ranger ses deux roues droites sur le bas-côté détrempé.

— Non, dit Charles. Ni moi non plus. Mais jusqu'à demain matin, cela ne me surprendrait pas vraiment.

— Merci pour vos encouragements ! Si je comprends bien, vous n'êtes pas du genre à soulever le capot et à souffler sur les bougies ?

— Pardon : je suis prêt à le faire, mais cela n'améliorera aucunement notre situation.

— Et vous n'avez pas une idée ?

Manifestement, elle devenait nerveuse.

— J'en ai deux. La première, c'est que vous avez été rudement bien inspirée de me prendre comme passager. Sinon, vous seriez dans la même situation, mais sur la départementale 922, et *seule*.

— Au fait, vous avez raison.

— La deuxième, c'est plus une vision qu'une idée : la vision d'une lumière qui clignote à travers la pluie, à deux cents mètres d'ici sur ma droite. Vous ne pouvez pas la voir si vous ne vous penchez pas.

— Vous en êtes sûr ?

— Voyez vous-même.

Il fallait une certaine conviction pour *voir* quelque chose. Mais on pouvait vaguement distinguer une sorte de point lumineux au milieu de l'obscurité pesante des montagnes environnantes.

— On dirait bien que vous avez raison, en effet. Vous avez un imperméable ?

— J'ai un blouson, pas vraiment imperméable, mais assez confortable. Et vous ?

— Un parapluie, sur le siège arrière.

— Alors, allons-y.

Elle se cramponna à son volant.

— Ça vous ennuie vraiment d'y aller tout seul ?

— Pas du tout : ce qui m'ennuie, en revanche, c'est de vous laisser seule ici.

— Vous croyez que c'est…

La voix de Charles se fit plus grave.

— Rappelez-vous, mademoiselle : la bête du Gévaudan ! les féroces huguenots ! l'Auberge rouge ! Ce pays regorge d'horribles histoires de voyageurs laissés pantelants sur la chaussée trempée de sang !

Elle parut touchée.

— Soit. Vous avez gagné. Passez-moi mon parapluie.

— Allumez vos feux de détresse.

— C'est déjà fait.

Ils sortirent. Les portières claquèrent. Dès le deuxième pas, Charles faillit abandonner une de ses chaussures dans le fossé spongieux. Il trébucha, jura, se redressa, et parvint à remonter sur le talus. Il tendit la main à sa compagne pour l'aider à franchir le passage difficile. Puis, il se retourna vers le vallon obscur et contempla l'absence de paysage avec une apparence de grande perplexité.

— C'est curieux : il y a bien une dizaine d'années que je parcours cette route, et je n'avais jamais remarqué cette maison-là.

— J'en étais sûre, fit-elle, furieuse : voilà qu'il va me faire peur !

— Non, non ! Il n'y a aucune raison, d'ailleurs. Je manifeste seulement une surprise, comment dire ? topographique.

— Vous feriez mieux de reconnaître que vous ne vous êtes jamais arrêté ici, de nuit et sous la pluie.

— Je ferais peut-être mieux, en effet.

— Dépêchez-vous, je commence à grelotter.

Ils se mirent en route vers la petite lumière.

— Mais enfin, reprit Charles, je sais parfaitement où nous sommes : à cinq ou six cents mètres de l'embranchement du chemin qui, vers le nord, conduit à la tour Leybros. J'y vais souvent pour herboriser : c'est un endroit où l'on rencontre quelques localisations inattendues de plantes traditionnelles en Auvergne, mais devenues rares depuis quelques années.

— Je vous croyais géomètre.

— On peut être géomètre professionnel et botaniste amateur. En tout cas, je le maintiens, *je n'ai jamais vu par ici quoi que ce soit qui ressemble à une maison* !

— Pour moi, dit-elle, c'est la pluie qui l'a fait pousser. Comme un champignon. Vous savez : ces machins avec un gros pied spongieux et un chapeau qui a l'air d'une moitié de ballon de football.

— Vous allez rire, mais je ne suis pas loin de penser comme vous : il faut s'attendre à tout de la part des champignons, surtout à cette saison.

— Vous n'avez pas l'impression qu'elle recule, votre maison ?

— Vous devriez essuyer vos lunettes.

— Alors, là, c'est tout le contraire : je les

ai oubliées dans la boîte à gants de la voiture.

— Donnez-moi la main, dit Charles. Je vous servirai de canne blanche.

Ils se turent pendant quelques minutes. Au bout de ce temps-là, leurs pas résonnèrent sur une surface plus ferme : une terrasse, quoi. Ils marquèrent un léger temps d'arrêt, pour examiner le but de leur expédition.

C'était une assez belle maison, dont il était difficile d'évaluer les véritables dimensions, car elles se fondaient dans la nuit hydrophile. La façade devant laquelle se trouvaient les voyageurs égarés avait une vingtaine de mètres de largeur. Deux fenêtres aux volets clos flanquaient une porte centrale à deux battants. Au-dessus de celle-ci, une lanterne à verres de couleurs, protégée de la pluie par une marquise, jetait une lumière bizarre.

— Vous voyez, dit Bredons, que nous y sommes arrivés.

Elle lâcha sa main.

— Je suis tout de même trempée, rétorqua-t-elle : mes chaussures font flic-flac.

— Enlevez-les, pendant que je fais toc-toc.

Ce qu'il fit, en effet. (Mais elle garda ses chaussures.) Ils patientèrent.

— Rien n'a l'air de bouger, observa-t-il finement.

— Insistez.

Il insista.

— Nib.

— Hé bien ? s'énerva-t-elle. Allons-nous rester là encore longtemps sous la pluie ? Voyez donc un peu si la porte s'ouvre !

— C'est contraire à tous mes principes. Mais je ne puis résister au plaisir de vous faire plaisir.

Il tourna un bouton : une porte, assez lourde, s'ouvrit sans faire de bruit sur un vestibule faiblement éclairé.

— Nous y sommes. Vous entrez la première ?

— J'aimerais mieux pas, reconnut-elle.

— J'en étais sûr : la voilà bien la supériorité de l'aventurier sur l'aventurière ! Accrochez-vous à ma ceinture, et suivez-moi ! Et refermez la porte !

Ils entrèrent. La porte se referma. Le crépitement de la pluie cessa brusquement. Dans la maison régnait un silence total, dont l'épaisseur avait quelque chose d'inquiétant.

— C'est tout de même curieux, murmura Charles. On dirait qu'il n'y a personne ici.

— Il y a certainement quelqu'un. Mais, si la maison est grande, on peut très bien ne pas nous avoir entendus frapper.

— Ouais. Enfin : personnellement, si j'habitais une maison pareille, dans un endroit pareil, je donnerais un tour de clé à la porte d'entrée. Mais chacun fait comme il veut, j'en conviens.

— Essayez donc d'appeler.

— D'appeler qui ?

— Mais... personne en particulier ! Du genre : « Hé ho ! Y a quelqu'un ? »

— Hé ho ! Y a quelqu'un ?

S'il y avait quelqu'un, il ne se manifesta point.

— Chère... commença Charles. Heu, pardonnez-moi, mais je crois que ce serait plus simple si je pouvais vous appeler par votre prénom.

— Sylvie.

— Merci. Moi, c'est Charles. Oui, oh, je sais : nous n'avons donné que dix rois à la France, dont un fou et trois gugusses, mais les six autres n'étaient pas mal, surtout le premier, Carolus Magnus. Non ?

— Je ne suis pas sûre que le moment soit bien choisi pour un commentaire de l'histoire de France.

— Pardon. Je disais donc, ma chère Sylvie, que nous ne disposons que de deux éventualités.

— Ce n'est pas rien.

— Ce n'est pas rien, mais ce n'est pas grand-chose. Une : nous insistons pour découvrir l'hôte de ces lieux, ou un téléphone, ou un mécanicien.

— Et la deuxième ?

— Nous nous installons dans la pièce qui nous paraîtra la plus accueillante, et nous y attendons le petit matin.

— Je vois. Et je suppose que ce que vous appelez une « pièce accueillante » ressemble fortement à une chambre à coucher, munie de préférence d'un lit à deux places. Non ?

Charles éclata d'un rire fin. (Qu'il croyait fin.)

— Je reconnais, dit-il, qu'il m'est arrivé d'avoir des idées plus stupides.

— Cela me surprendrait, répondit-elle, furieuse. Celle-là est certainement une des plus idiotes que j'aie jamais entendues. Mettez-la de côté pour une autre interlocutrice. Et criez.

— Ho-ho ! fit Charles, dompté.

— Plus fort !

— HO-HO !

Le silence continuait à régner. Ils avaient peut-être découvert le château de la Belle au Bois dormant ? Charles s'abstint prudemment d'en faire l'observation. Il se contenta donc de :

— Vous voyez bien qu'il va nous falloir en venir à ma seconde proposition.

Ce qui ne valait évidemment pas mieux.

— Votre modèle, c'était Charles le Simple, non ? Troisième du nom ?

— C'est gentil de n'avoir pas dit « le Fou ». A votre avis, qu'y a-t-il derrière cette porte ?

— A mon avis, le meilleur moyen de le savoir, c'est de l'ouvrir.

— Obtempérons.

Il obtempéra. C'était la première porte à droite. Elle s'ouvrit sur une pièce obscure.

— Pas de chance, ma pauvre amie : c'est tout noir, derrière !

— Hé bien, trouvez un interrupteur !

La jeune femme paraissait de plus en plus nerveuse.

— Fameuse idée, dit Charles. Attendez voir. En général, ça se trouve du côté intérieur, sur le montant opposé aux gonds et à une hauteur située entre l'épaule et le sternum. Explorons avec délicatesse. Je crois que vous avez gagné.

Un interrupteur cliqueta. C'était un salon vide d'occupants, mais plein de meubles. Son allure générale était bourgeoise à l'ancienne, avec du Napoléon III, de l'Émile Loubet, un piano droit et une pendule qui marquait vingt heures dix.

— Vous me faites les honneurs du lieu ? dit plaisamment le géomètre.

— Asseyez-vous, Charles. Et cessez de proférer des stupidités, vous n'êtes pas drôle.

— Désolé : j'essaie simplement de répondre par des propos absurdes à l'absurdité de notre situation.

— J'ai précisément une question à vous posez à ce sujet.

— Je vous écoute.

— Qu'êtes-vous venu chercher ici, au juste ?

Elle regardait fixement son compagnon de son regard bleu et un peu froid.

— Je ne comprends pas votre question, dit Charles.

— Il y a seulement cinq ou six minutes qu'elle m'est venue. Pourquoi n'êtes-vous pas resté au bord de la route, comme n'importe qui l'aurait fait, pour arrêter la première voiture qui passerait ?

— Que suis-je venu chercher ici ? Primo, un abri contre la pluie. Nous l'avons. Deuxio, le réconfort d'une présence. Je reconnais que c'est raté. Troisio, je crois vous l'avoir déjà signalé, un téléphone pour appeler un taxi qui nous ramènera chacun chez soi. C'est moi qui paierai les deux courses. Parce que, agiter les bras dans la lumière des phares, sous la flotte, à neuf heures du soir, entre Les Quatre Routes et Salers, voyez-vous, ça ne me paraissait pas, et ça ne me paraît toujours pas, d'une efficacité suffisante. Alors, s'il y a un téléphone dans cette maison, vous pouvez me croire, je vais le trouver. Avec ou sans les propriétaires. On s'expliquera plus tard, s'ils se manifestent. D'ailleurs, j'y vais. Vous pouvez vous installer ici en m'attendant. Je vous fais remarquer que ce n'est pas une chambre à coucher.

— Non, je vous accompagne.

— Comme vous voudrez.

Ils sortirent. Charles éteignit les lumières et referma soigneusement la porte.

— On essaie la suivante ?

— Je crois que nous ferons bien de les essayer toutes.

— Voyons celle-ci.

Le bouton refusa de tourner.

— Fermée, dit Charles.

La troisième s'ouvrit. (C'était aussi la dernière, de ce côté-là.) Un nouvel interrupteur cliqueta, une idée plus doux.

— Bibliothèque. Il devrait donc y avoir un bureau pas très loin. Et, dans un bureau, normalement, il y a un téléphone.

— Le mot « normalement », fit Sylvie d'un ton acide, me paraît optimiste. Vous trouvez « normal » ce que nous avons vu jusqu'ici ?

— Assez, oui. Sauf l'absence d'occupant. Mais le propriétaire est peut-être en train de barboter dans sa baignoire, au premier étage.

— Vous entendez de l'eau couler ?

— Vous verrez que la salle de bains est à

l'autre bout de la maison. Mais que vois-je ? Voici la preuve indiscutable d'une présence humaine, et même civilisée !

La jeune femme parut brusquement plus inquiète.

— Quoi donc ? demanda-t-elle.

— Là, devant la cheminée, sur cette table basse : plusieurs bouteilles et des verres ! Sylvie, je vous offre l'apéritif.

— Non, écoutez, vous ne pouvez pas faire ça !

— Ne vous inquiétez pas : je rembourserai les consommations avec le téléphone.

Charles se pencha vers la petite table et déboucha un flacon.

— De l'eau, dans votre ouisqui ?

— Non, merci.

Il tendit un verre.

— A votre santé ! Vous verrez : c'est souverain contre la pluie et les émotions !

— Je sais, dit-elle.

Ils burent lentement, avec une drôle d'impression, tout de même. Puis, la jeune femme secoua la tête. Elle paraissait de plus en plus nerveuse.

— Écoutez, je crois que j'aimerais mieux retourner sur la route. Partons tout de suite. Je ne supporte pas cette situation. Réfléchissez un peu : si quelqu'un entrait, nous aurions l'air de quoi ?

— D'assoiffés qui se réconfortent.

— Vous êtes impossible.

Il posa son verre, avec un peu de brusquerie.

— D'accord. Laissez-moi une dernière chance de trouver un téléphone, et je vous promets que je n'insisterai pas. Tenez : la porte capitonnée, au fond, encadrée par des rayons de livres, vous pariez qu'elle donne sur un cabinet de travail ?

Elle frissonna.

— Non, n'y allez pas !

— Oh, mais si !

— Frappez, au moins, avant d'entrer...

Il haussa les épaules.

— Vous avez déjà frappé contre une porte capitonnée ? Mais ne craignez rien, je vais m'y prendre avec la plus grande délicatesse. Tenez, vous voyez ? Elle ne grince pas, ne craque pas, ne soupire pas, on n'entend rien. On ne voit rien non plus, d'ailleurs : la pièce voisine est dans la plus complète obscurité. Décidément, je suis de plus en plus persuadé que le type qui habite cette maison est en train de faire trempette.

— Enfin, Charles, on n'habite pas une pareille maison tout seul ! Il n'y a pas un grain de poussière sur les meubles ni sur les tapis !

— Bravo, bonne ménagère !

— Et la pendule, vous n'avez pas remarqué la pendule, tout à l'heure, dans le salon ?

— Hé bien quoi, la pendule ?

— Elle marche !

Charles parut frappé.

— Je n'ai pas fait attention, avoua-t-il. Mais il arrive que le personnel soit en congé, non ? Aille au cinéma, ou dans sa famille !

— Vous avez réponse à tout, dit-elle à voix basse.

— Parce qu'il y a une réponse à tout : je suis déterministe.

— Je voudrais m'en aller, reprit-elle tristement.

— Juste une seconde. J'essaie de faire la lumière pour voir s'il y a un téléphone. Sinon, nous partons, c'est promis. Attendez. Je crois que j'ai trouvé. Oui...

Sur le cliquetis du bouton électrique se superposa le claquement sec d'une trappe qui s'ouvre. Charles eut à peine le temps de pousser un cri et disparut. La trappe se rabattit.

Sylvie porta la main à sa poitrine et ferma les yeux.

— Dieu, que j'ai eu peur, murmura-t-elle.

Elle demeura sans bouger pendant trois longues minutes.

C'est alors que retentit une voix métallique et diffuse, comme si des haut-parleurs étaient disposés tout autour de la pièce.

— Agent AL 813, le colis est bien arrivé.

Il paraît dans un état général satisfaisant. Nous relevons cependant : une légère presbytie, un début de scoliose, une capacité pulmonaire un peu faible et un taux anormalement élevé de cholestérol. Votre prime vous sera versée, dès lundi, sur le compte habituel, à Neufchâtel. Vérifiez le système d'alerte de votre véhicule. Il n'a pas fonctionné. Votre arrivée a failli nous surprendre.

— Ce sera fait, monsieur, dit Sylvie d'une voix blanche.

— Terminé.

La jeune femme respira longuement, à plusieurs reprises. Puis, elle fit demi-tour, traversa le vestibule, ouvrit la porte principale et sortit. La pluie n'avait pas cessé. La montagne sentait extraordinairement bon la résine et la terre mouillée.

— Dommage, murmura-t-elle. Il avait l'air gentil. Et *rassurant*. Je n'aurais peut-être pas dû…

Elle soupira.

— Bah, il y en a d'autres. Encore quatre et je pourrai aller m'installer aux Bahamas…

GAULOISES AVEC PHILTRE

Au mois de mai 1984, l'arrondissement de Villefauneix-Rempnat (Vienne-Supérieure) vit s'épanouir un nombre anormalement élevé de femmes amoureuses.

Le vendredi 4, vers sept heures du soir, Lydia L. sauta au cou de son mari en s'écriant : « Je t'aime ! je t'aime ! je t'aime ! », ce qui n'était ni dans ses manières habituelles, ni dans son tempérament. Le mari, expert-comptable, sexagénaire et franc-maçon, fut surpris de ce geste, et vaguement troublé : plus ému que choqué, si l'on y réfléchissait bien.

Le lundi suivant, quand la vertueuse Mme Lavinadière se glissa dans le lit conjugal, son époux découvrit avec stupéfaction qu'elle avait violemment peint son visage et portait une chemise de nuit neuve, avec des jours.

Le jeudi 10, deux dames d'œuvres d'Eymoutiers, qui devaient participer à la décoration de l'église en vue de la prochaine communion solennelle, se décommandèrent au dernier moment, sans véritable raison, mais en tenant des propos agités qui parurent suspects à l'abbé Maspecout.

Chez les femmes sans mari, ce fut presque un déchaînement.

Le samedi 12, vers 18 h 30, Corinne Larfeuil, la fleuriste de la rue Magadoux, une veuve encore jeune et assez plantureuse, ferma sa boutique, traversa la rue et entra au Café de la Mairie, où elle commanda un Casanis, puis se mit à faire de l'œil au Julien Tarnac, le fringant retraité des contributions.

Le dimanche 13, à la fin du repas qui couronnait la communion de sa petite sœur, Alberte Plazanet, qui allait à peine sur ses dix-sept ans, se leva toute pâle et, fixant le Germain Mortefond, déclara devant tout le monde : « Vas-tu te décider à me demander à mes parents ? Si tu tardes encore, je ne sais pas ce qui va m'arriver. » Elle reçut deux claques, sa mère s'évanouit et la communiante fondit en larmes, tandis que les deux pères considéraient le Germain avec une envieuse réprobation.

Le vendredi 18, enfin, Julie Balandeix, l'institutrice de Chouviat, une grande bringue sportive et plus portée sur l'aide au tiers monde que sur les amourettes, frappa vigoureusement à l'huis du receveur des postes, un célibataire endurci. « Puis-je venir voir *Apostrophes* chez vous ? demanda-t-elle résolument. Ma télé est en panne. » Comme le postier paraissait hésiter, elle ajouta d'une voix blanche : « J'ai apporté du porto. » Il la fit entrer.

Au fond, rien de tout cela n'aurait dû se savoir, ou presque rien : en tout cas, pas ce qui se passait dans l'ombre des alcôves. Et la quiétude générale du canton n'aurait pas dû s'en trouver affectée : qu'une fleuriste et une maîtresse d'école se sentent du vague à l'âme, qu'une adolescente mûrie trop vite soit impatiente d'épouser son galant, ce sont tout de même des choses que l'on rencontre, de temps à autre, dans les localités les mieux fréquentées. Oui, mais justement, on n'en resta pas là.

C'est Clémence Villedieu qui, la première,

soupçonna la vérité. Elle tenait, de mère en fille, la boutique de « Lingerie féminine-Frivolités » de Villefauneix-Rempnat. A dire vrai, cette dénomination avait quelque chose d'un attrape-nigaud, car rien ne pouvait se montrer moins frivole que la lingerie que vendait Clémence : ses chemisettes, caracos, soutiens-gorge, corsets, gaines, jupons, culottes et combinaisons présentaient des coupes sévères, destinées aux femmes honnêtes et sans complaisance. Quant aux étoffes, le coton dominait, avec la finette, la percale, la satinette, le madapolam et le pilou. Quelques rares chemises de nuit acceptaient l'étamine, deux ou trois paires de bas la soie artificielle, une douzaine de rubans coquins le taffetas.

La clientèle locale se montrait satisfaite de ces articles confortables et qui faisaient de l'usage. Les jeunes filles, surtout celles qui regardaient les films défendus à la télévision, eussent certainement préféré des parures plus vaporeuses. Mais leurs mères régentaient encore leurs achats dans ce domaine pourtant si personnel.

Vers la fin du mois de mai, en commerçante consciencieuse, Clémence Villedieu décida d'essayer *Cœur battant*, une nouveauté qu'elle avait reçue, quelques semaines auparavant, des Établissements Gloria, et dont elle avait déjà vendu quelques exemplaires.

Sans en faire une pratique systématique, elle aimait bien, de temps à autre, tester personnellement la marchandise qu'elle offrait à sa fidèle clientèle.

Cette fois, c'était de la belle et rassurante ouvrage, et que les Villefaunoises apprécieraient : les soutiens-gorge s'accrochaient solidement aux épaules et pouvaient contenir des mamelles de poids, les culottes couvraient le haut des cuisses et remontaient jusqu'au nombril. Celles qui s'en revêtiraient pourraient grimper d'un seul élan dans l'autobus du père Pigerolles sans en faire craquer les coutures.

Ce jeudi-là, ce devait être le 24, vers sept heures du soir, après avoir tiré le rideau de fer, Clémence Villedieu emporta chez elle deux boîtes de la nouvelle production Gloria : elle avait la cinquante-sixaine avantageuse, et il lui fallait parfois s'accommoder (en soupirant) de la taille au-dessus de celle qui lui était normalement dévolue.

Elle fut immédiatement satisfaite : les bretelles ne serraient pas, les bonnets enveloppaient délicatement ses globes encore fermes mais déjà pesants, les parties latérales, là, qui se rejoignent dans le dos et dont je ne connais pas le nom, embrassaient adroitement le lobe supérieur de ses grands dentelés, les agrafes s'ajustaient facilement, sans provoquer de torsion anormale des sterno-cléido-mastoïdiens. Elle éleva ses bras au-dessus de sa tête, remplit d'air ses poumons en comprimant son ventre, exécuta deux ou trois circumductions du buste : elle se sentait bien. Oui, tout à fait bien.

Elle ferma les yeux et soupira doucement, s'en rendit compte et sursauta, mais son inquiétude ne dura qu'une brève seconde. Il faudrait qu'elle félicite le représentant de la marque. Elle s'apprêtait à replacer soigneusement l'objet dans son enveloppe de papier de soie, quand elle se dit qu'au fond, pourquoi ne le garderait-elle pas ? Il y avait longtemps qu'elle ne s'était pas fait de cadeau. Clémence réajusta le petit tas de chiffon rose sur sa poitrine, et se sentit de nouveau pleine de contentement.

Quand son mari rentra, un peu plus tard, cette impression s'était plutôt renforcée. Fernand Villedieu faisait le commerce des grains. A l'époque où tout le pays vivait de l'élevage, où les véhicules à pétrole n'avaient pas encore remplacé les bœufs et les chevaux, ce métier nourrissait largement son homme. Depuis une vingtaine d'années, il n'en allait plus de même. Sans les frivolités de Clémence, le ménage Villedieu eût petitement vécu. Cet état de choses expliquait que Fernand passât plus de temps dans les cafés que dans les greniers du canton. Mais enfin, il est vrai, comme il le faisait parfois remarquer, que beaucoup de bonnes affaires se traitent encore autour d'un verre de Saint-Pourçain.

Après le dessert, la marchande de modes ne put s'empêcher de montrer sa nouvelle acquisition à son époux. Celui-ci avait vu des lingeries plus affriolantes au cinéma, mais chacun sait que ce que l'on peut examiner *en vrai* présente des avantages inestimables.

— Hé, hé ! fit-il prudemment.

— N'est-ce pas ? roucoula Clémence.

Elle se déshabilla avant d'éteindre la lumière. Cela ne lui était pas arrivé depuis vingt-sept ou vingt-huit ans.

En vérité, la personne qui mit les pieds dans le plat fut naturellement celle que cette aventure concernait le moins — directement en tout cas : l'abbé Maspecout.

Ce prêtre, qui atteignait la septantaine, avait la formation austère des séminaires de 1930, un long usage des pénitentes auvergnates et l'accent rocailleux de Chavaniac-Lafayette. Dès les premières confessions de mai, il enregistra, non sans surprise, une sensible augmentation des rapprochements conjugaux chez des personnes que leur âge et leur complexion auraient dû mettre à l'abri de ce genre d'accidents.

Le samedi 9 juin, après avoir établi le bilan (confidentiel) des semaines écoulées, l'abbé Maspecout se dit soudain que, vu les indéniables progrès de la déchristianisation, les personnes qu'il n'entendait jamais en confession devaient en avoir beaucoup plus gros sur la conscience ! A l'aide d'un stylo-bille, de papier à carreaux et des normes fournies par l'évêché, il dessina un graphique dont la courbe ascendante le plongea dans l'horreur et la stupéfaction : les incroyantes en étaient-elles réellement *là* ? Cela dépassait toute imagination[1].

Emporté par une bien naturelle fureur évangélique, l'abbé Maspecout échangea le stylo-bille contre l'Édacoto que sa famille lui avait offert le jour de son ordination, le papier à carreaux pour du super-mondial, et se mit en devoir d'écrire à son évêque.

De Riom, sa lettre remonta lentement les marches de la hiérarchie. Quand elle atteignit Paris, elle n'était plus toute seule.

De son côté, Clémence Villedieu, saisie d'une intuition pénétrante, probablement aidée par son expérience professionnelle, interrogea secrètement les clientes de *Cœur battant* (à l'exception d'Alberte Plazanet, bien sûr, mais ce n'était pas nécessaire, car son éclat du dimanche 13 mai avait fait le tour du pays). Sa conviction fut rapidement

1. Le programme des séminaires, depuis 1968, habitue les futurs prêtres à des surprises de ce genre.

établie, et sa réaction immédiate : elle commanda par téléphone, au dépositaire de Guéret, cinq douzaines d'articles dans chaque taille.

Les quelques lettres qui émurent l'épiscopat français émanaient toutes de régions rurales et peu peuplées, où l'on devine facilement les états d'âme de ses voisins, et surtout de ses voisines. Si des Parisiennes, des Marseillaises, des Strasbourgeoises ou des Messines ressentirent les bienfaisants effets du nouveau soutien-gorge Gloria, personne n'en sut jamais rien.

Conscients de l'importance de la partie immergée du frivole iceberg, les dirigeants du Clergé de France ordonnèrent une enquête qu'ils confièrent aux Jésuites. En moins de cinq semaines, ceux-ci, dont on connaît les méthodes, avaient sondé les cœurs, percé les esprits, creusé les reins, pénétré les poitrines : tout le mal venait de la teinture. On avait utilisé, pour le bain de *Cœur battant*, un nouveau pigment, extrait d'un coléoptère exotique voisin de la cantharide, et dont l'effet pervers se faisait particulièrement sentir en *un certain endroit*, situé dans les environs de l'omoplate gauche — pas vraiment sur l'os, mais pas tout à fait sur la viande non plus.

Le président-directeur général des Établissements Gloria, discrètement prévenu par les émissaires de l'évêché, fut successivement le siège d'une immense surprise, car il ignorait tout des étranges vertus de sa dernière production, puis d'un douloureux débat de conscience : si les Jésuites disaient vrai (et les Jésuites disent toujours vrai), en quelques mois il pouvait devenir le numéro un du sous-vêtement français ! Mais aussi : quelle responsabilité morale ! !

Ce fut la vertu qui l'emporta. Mais pas toute seule, si l'on y regarde de près. Pendant pas loin de quarante-huit heures, le fabricant de *Cœur battant* se demanda quelle sorte d'argument publicitaire pourrait fournir sa singulière propriété, et notamment : ledit argument n'effaroucherait-il pas la clientèle habituelle de cet article, plutôt destiné aux tempéraments placides ou apaisés ? En soupirant, l'industriel priva le modèle incriminé de la nouvelle, et involontairement coquine, teinture.

Tous les dépositaires des productions Gloria n'avaient pas eu le réflexe de Clémence Villedieu, loin s'en faut. C'est donc à Villefauneix-Rempnat que les avantages de *Cœur battant* se firent le plus longtemps sentir. Clémence, puis sa nièce Amélie, qui reprit la boutique, cédaient au compte-gouttes les exemplaires qui leur restaient. Quant aux heureuses possessrices de l'objet merveilleux, elles le faisaient durer, ne l'employant qu'à bon escient, le lavant à l'eau froide et à la main, remplaçant le moment venu agrafes et élastiques, reprisant soigneusement les plus innocentes écorchures, et cédant le secret à leurs filles quasiment sur leur lit de mort.

Voilà pourquoi il arrive encore aujourd'hui que certains vieux ménages d'un arrondissement peu connu de la Vienne-Supérieure découvrent, un beau soir, avec ravissement, les feux inattendus de l'été de la Saint-Martin.

SUSPENSION DE SÉANCE

Le début de la nuit s'était révélé plutôt agité. Dans l'ambiance feutrée de la chambre à coucher, depuis une heure ou deux, on n'entendait plus que deux respirations discrètes et le tic-tac assez faible d'une pendulette de style, posée sur le marbre de la cheminée.

L'une des deux respirations s'interrompit une ou deux secondes, puis se fit plus longue. Quelqu'un se retourna en froissant les draps et murmura (c'était une voix d'homme) :

— Tu dors ?

— Non, lui répondit-on.

(Et c'était une voix de femme. Ce qui arrive.)

Et la femme bâilla.

— Tant mieux, dit le type. Ce serait dommage. Nous avons si peu de temps à nous.

— Jusqu'ici, roucoula-t-elle, nous ne l'avons pas trop mal employé.

— Tu trouves ?

— Oh, voui !

— Merci. Mais je voudrais respirer un moment tout de même.

— Respire, mon cœur, dit-elle, en bâillant derechef.

— Mais pas dormir.

— Comme je te comprends ! Tu veux que je te morde pour te tenir éveillé ? Que je te pince ? Ou que je te donne des coups ?

— Fais-moi plutôt des bises.

— En voici une.

Dans l'obscurité de la chambre, on entendit des bruits de baisers.

L'homme soupira.

— Ah, dis donc ! C'est ça qui fait du bien ! On ne le croirait pas, mais c'est plus efficace qu'une douche froide.

— Je veux !

— Quand je pense, reprit-il mélancolieux, que demain matin, je devrais dire à la pointe de l'aube, dans combien ? trois heures ? quatre heures ? il faudra que je me lève, et que je te quitte...

— Pense à autre chose.

— Difficile. Quelle heure est-il ?

— La pendule est de ton côté.

Il se retourna et fixa, de ses yeux de presbyte, les aiguilles phosphorescentes.

— Flûte, soupira-t-il : déjà deux heures. Deux heures cinq, même.

Il se remit sur le dos et croisa ses mains sous sa nuque.

— Quand est-ce qu'on pourra se revoir, après ?

— Je ne sais pas, répondit-elle. Cela dépend surtout de toi. Quand comptes-tu revenir à Clermont ?

— Faut faire naître l'occasion. Et trouver un truc pour Catherine.

— La vie politique, je croyais que ça servait surtout à ça, non ?

— Pas surtout, mais en partie. Par exemple, cette nuit, elle croit que je suis à Marseille, au meeting pour les municipales.

— Si elle lit la presse, elle verra bien que tu ne t'y trouvais point.

— Que non ! Je ne suis pas une vedette du parti, moi. La presse, surtout nationale, ne cite pas toujours mon nom.

— Au fait, dit la dame, il y a une grande réunion à Aubusson, la semaine prochaine. Tu ne peux pas faire semblant d'y aller ?

— Aubusson, c'est le problème inverse : le parti n'y enverra pas ses grosses têtes. Alors, si j'y étais, on parlerait forcément de moi. Je ne peux pas faire semblant d'y aller, donc.

— Remarque, c'est à deux pas, Aubusson. Tu n'as qu'à venir me retrouver en sortant de ton foutu métingue.

Elle déposa un petit baiser sur son épaule gauche à lui. Lequel ouvrit grands ses yeux dans le noir.

— Sais-tu, dit-il, que ce n'est pas bête du tout, ce que tu es en train de dire ?

— Sûr que ce n'est pas bête.

— Et que ça mérite même un petit cadeau ?

Il se livra à quelques opérations que l'obscurité rendait imprécises.

— Brute ! protesta-t-elle. Finis donc, tu sais bien que j'ai horreur qu'on me bouscule !

— Je ne saurais finir sans que tu me laissasses commencer...

Du temps passa, dont il ne me convient pas de décrire l'emploi. (A chacun ses faiblesses.)

Ce temps passé, le type, lequel s'appelait, comment déjà ? mettons Georges, ce sera plus commode pour parler de lui, Georges donc poussa un soupir et observa :

— Pardonne-moi, il me semble que j'ai dormi un moment.

Elle s'étira comme une chatte comblée.

— Moi aussi, dit Florence, vu qu'elle se nommait ainsi.

— Quelle heure peut-il bien être ? reprit-il.

Il se retourna vers la pendule, dont on se rappelle qu'elle se trouvait de son côté.

— Deux heures cinq ? s'exclama-t-il, saisi. Mais il me semble, non ? que déjà, tout à l'heure... Zut et zut ! Voilà que cette fichue pendule est arrêtée, maintenant ! Et comment je vais me réveiller, moi, demain matin, hein ? C'est un coup à me faire rater mon train !

D'une voix toujours ensommeillée, Florence suggéra :

— Regarde ta montre.

— Où est-elle, ma montre ?

— Va voir sur la cheminée.

Il alluma la lampe de chevet qui jeta une poussière dorée sur le lit, les murs et le plafond, se leva et se dirigea vers la cheminée de la chambre. Une assez belle cheminée, du reste, avec un dessus en marbre blanc, et qui tirait bien.

— Deux heures cinq, répéta-t-il stupéfait : ça, par exemple ! Elle s'est arrêtée elle aussi ! Une montre qui n'a pas six mois, c'est

Catherine qui me l'a offerte pour mon anniversaire !

— Alors, observa-t-elle, pincée, ce n'est pas étonnant : c'est sûrement de la camelote.

Il se rebiffa :

— De la camelote, une Michel Herbelin ? Eh bien, dis donc, qu'est-ce qu'il te faut !

— Le résultat est là, mon vieux.

— Une chose m'intrigue tout de même beaucoup, reprit Georges en se recouchant. Comment se fait-il qu'elle se soit arrêtée au même moment que la pendule ?

Elle haussa les épaules.

— Si c'est à moi que tu poses la question, j'ai le regret de te dire que je n'en sais rien.

— C'est tout l'effet que ça te fait ?

— Moui..., miaula Florence.

Elle se coula contre lui et lui caressa le dos. Il se tortilla.

— Mais arrête de me chatouiller ! Note bien, si je ne devais pas prendre le train à sept heures dix, tout ça me serait prodigieusement indifférent. Mais là...

— Pourquoi ne téléphones-tu pas à l'horloge parlante ?

— Ça, dit-il, c'est ce que j'appelle une idée !

Il se leva de nouveau, fit quelques pas en recroquevillant ses orteils nus sur le carrelage, décrocha le combiné du téléphone, et composa un numéro à six chiffres. Il entendit d'abord le tit-tit-tit de recherche. Puis, la voix la plus célèbre de tout le réseau postal français lui confia :

— Au quatrième top, il sera exactement deux heures six minutes : top, top, top, top. Au quatrième top, il sera exactement deux heures six minutes : top, top, top, top. Au quatrième top, il sera exactement…

C'est à ce moment-là que Georges se mit à avoir peur pour de bon. Il sentit le sang se retirer de son visage. Il éloigna le combiné de son oreille et murmura d'une voix qui tremblait légèrement :

— Tu entends ce que j'entends ?

— Non.

— Alors, lève-toi, ça vaut la peine.

— Oh, noooon…

— Si, je te dis ! Je t'assure, j'ai besoin que tu me confirmes que je ne rêve pas.

— Je te confirme que tu ne rêves pas.

Il insista, avec une certaine nervosité.

— Écoute, Florence, je t'en prie, c'est sérieux !

— Oh, la barbe…

Elle se leva, cependant, et s'approcha du téléphone en traînant les pieds.

— …il sera exactement deux heures six minutes, lui confia la voix bien connue.

Elle resta quelques secondes immobile,

sans parvenir à croire ce qu'elle entendait.

— Florence, murmura Georges, que nous arrive-t-il ?

— Comment veux-tu que je le sache ?

Il raccrocha lentement. Un silence pesant s'installa dans la chambre douillette.

— Et si, dit-il, je téléphonais à l'Observatoire ?

— A cette heure-ci ?

— Pourquoi pas ?

Elle eut un geste d'insouciance.

— Tu verras bien demain matin.

Il lui prit le bras.

— *Quand*, demain matin ? *QUAND*, demain matin ? ?

— Lâche-moi, tu me fais mal. Et puis, ne reste pas debout, tu vas prendre froid.

— Je suis trop énervé. D'ailleurs, je voudrais voir ce qui se passe dehors.

— Que veux-tu qu'il se passe ?

— Je ne *veux* rien. Je ne sais rien non plus. Précisément : je voudrais savoir.

— N'oublie tout de même pas que ce n'est pas une rue très animée, en général, et qu'il est deux heures du matin.

— Justement : si *quelque chose* passait, ou se passait, cela pourrait avoir un sens, non ?

— Ah oui ? Et lequel ?

— Hé bien, cela signifierait fatalement que, que…

Il eut un geste découragé.

— Non, c'est trop difficile.

Il ne s'en dirigea pas moins vers l'une des deux fenêtres, dont il écarta le rideau de cretonne à fleurs.

— La rue est vide, dit-il. Comme d'habitude. Le lampadaire d'en face, devant le bureau de tabac, celui qui clignote depuis une semaine, continue de clignoter. Plus à droite, le soupirail du boulanger éclaire une portion du trottoir. Le reste est dans l'ombre. Je ne vois ni le marchand de chaussures, ni le fleuriste du coin. Rien, absolument rien ne bouge. Il n'y a pas un chat, pas un rat, pas un noctambule, pas un clochard, pas un ivrogne, pas un chien attardé.

Elle s'énerva, elle aussi : maintenant, elle était bien réveillée.

— Cela ne veut rien dire, tu le sais bien ! Si j'ai choisi de m'installer dans cette rue, de ce quartier-ci, c'est justement parce qu'il ne s'y passe jamais, jamais rien.

— Je le sais, oui. Mais à ce point ? Vraiment ? Même en février dernier, quand il y avait trente centimètres de neige, c'était plus animé.

— Bon. Quand tu en auras assez de grelotter devant la fenêtre, tu reviendras te coucher.

— Je crois que j'en ai assez.

Effectivement, il se recoucha. Pendant un

temps assez long (assez *long* ?), ils restèrent muets, apparemment plongés dans des réflexions laborieuses. C'est Georges qui parla le premier, ce qui lui arrivait assez souvent.

— Tu penses à ce que je pense ? murmura-t-il.

— Ça se pourrait bien, soupira-t-elle. Dis voir, tout de même.

— Si la SNCF a la même heure que nous, mon train de sept heures dix n'est pas près de partir.

— Et, dans ce cas...

— Dans ce cas, moi non plus !

Florence se tourna vers son compagnon et lui mordilla l'épaule.

— Tu ne veux pas, dit-elle timidement, essayer de téléphoner à la gare ?

— Mouais. Et qu'est-ce que je vais leur raconter ? Du genre : « Pardon, monsieur, pouvez-vous avoir l'obligeance de m'indiquer l'heure qu'il est ? » Qu'est-ce que tu ferais, toi, à la place du type à l'autre bout du fil ?

Elle soupira.

— Ben oui : je te raccrocherais au nez !

Du temps passa de nouveau. Cette fois, c'est Florence qui le rompit.

— Tout de même : un réveil, une montre de luxe et en plus l'horloge parlante, ce n'est pas rien, non ?

— C'est ce que je me dis depuis tout à l'heure.

— Alors, mon ami chéri, prenons le risque. Si nous nous trompons, que se passera-t-il ? Tu manqueras ton train, voilà tout, ce n'est pas un drame. Demain matin, tu appelleras ta femme, ou ton bureau, pour les prévenir. Tu ne seras pas le premier à qui ça arrive.

— Tu as raison, dit-il résolument. Affrontons la situation, avec courage et détermination.

Elle éclata d'un joli rire clair.

— Hé là, doucement, mon chéri : le meeting d'Aubusson, ce n'est que la semaine prochaine !

Il se mit sur son coude pour la regarder en face.

— Et veux-tu me dire, énonça-t-il posément, veux-tu me dire ce que ça signifie : la semaine prochaine ?

— Non. Je le voudrais bien, remarque, mais je ne le peux pas.

— Alors, oublions Aubusson. Et tâchons de nous concentrer sur la situation présente.

— C'est ça : concentrons-nous.

Il soupira.

— Mon amie chérie, comment faites-vous pour prendre ce que nous vivons en ce moment à la légère ?

— Et comment fais-tu pour le prendre à la lourde ?

— C'est, commença Georges (on sentait qu'il adoptait le ton électoral), que j'ai conscience de vivre un événement exceptionnel, que personne n'a jamais vécu avant nous depuis que le monde est monde — enfin : à notre connaissance, et dont on croyait avoir démontré qu'il ne se produirait jamais, jamais ! En quatre mots : *le-temps-s'est-arrêté*. Voilà.

— Cinq, dit paisiblement Florence.

— Cinq quoi ?

— Cinq mots : le s apostrophe compte pour un.

Il eut un geste d'agacement.

— Oui. Bon. Enfin, ce n'était vraiment pas la peine de, de...

— Mais si, mon chéri, dit doucement Florence : si j'ai bien compris ta tirade précédente, nous avons désormais le temps de perdre du temps. Nous serons peut-être même obligés de le faire, non ?

— Perdre du temps ?

— User le temps.

— Ah oui...

Il se remit à réfléchir. Il ne se souvenait pas d'un jour où il eût réfléchi avec une telle obstination.

— Mais, dis-moi, observa-t-il soudain,

j'y pense : cela veut dire que je ne retournerai plus au bureau ?

— Entre autres. Ni moi en classe.

Une sorte d'ardeur joyeuse le saisit.

— Je n'aurai plus à rédiger les discours de cet analphabète de Chavignol.

— Je ne corrigerai plus de copies.

— Je ne prendrai plus le métro.

— Je ne mangerai plus à la cantine.

— Je ne serai plus coincé dans les embouteillages.

— Je ne serai plus bousculée dans les supermarchés.

— Je ne verrai plus cet infâme crétin de Balourdin.

— Je ne recevrai plus les parents de mes élèves.

— Je ne chanterai plus les louanges de l'ouverture.

— Je n'aurai plus les oreilles cassées par Radio-Enclume chez mon coiffeur.

— Je ne me couperai plus en me rasant le menton.

— Je ne me casserai plus les ongles.

— Je ne paierai plus d'impôts.

— Je ne lirai plus d'horribles faits divers dans les journaux.

— Je n'aurai plus à parler du Liban ni de la Palestine.

— Je n'assisterai plus à un conseil de classe.

— Je ne me cacherai plus pour te téléphoner.

— Je n'entendrai plus parler de Catherine.

— Je ne grossirai plus.

— Je ne vieillirai pas.

Ils soufflèrent un instant.

— Tu crois ? murmura Georges.

— Je ne sais pas.

— Ah, mais, voyons ! dit-il. Cette crampe que j'ai, là, en ce moment, sur le cou-de-pied gauche, tu crois qu'elle va me rester ?

Elle se mit à rire.

— Y a des chances. Et faim ? Tu crois qu'on recommencera à avoir faim ?

Il se tapota l'estomac.

— Justement, dit-il, j'ai un petit creux.

— Il vaut peut-être mieux économiser ce qu'il y a dans le frigo.

— Et soif ? Tu crois qu'on n'aura plus soif ?

— Toi, ça m'étonnerait. Mais cela vaudrait mieux, parce qu'il ne reste que trois bouteilles de Saint-Pourçain.

— Attends, attends : j'ai l'impression que nous sommes en train d'énoncer des propositions paradoxales, là.

— Ah, vraiment ? Ça t'a frappé ?

Si Georges sentit l'ironie de Florence, il eut la courtoisie de ne point le faire remarquer.

— Écoute-moi bien, dit-il posément. Si

le temps s'est arrêté, comment est-il possible que les bouteilles se vident ?

— Mon pauvre ami, pour une fois la logique féminine, si longtemps décriée, va l'emporter sur toi. Si ce que tu dis est vrai, comment pouvons-nous, depuis exactement deux heures six o'clock, faire des phrases ayant un début, un milieu et une fin ? Hein ? Réfléchis à ça, brillant penseur, et explique-moi la différence qu'il y a entre le contenu d'un discours et le contenu d'un flacon !

— Je pourrais, certes, répondit-il, vexé, t'en citer un grand nombre, bien que les ressemblances soient également sensibles et significatives. Ainsi, on *boit* des paroles, comme on boit un verre de vin. Surtout quand c'est moi qui cause...

— Si ça fait pas pitié d'entendre ça !

— Mais je reconnais honnêtement, car l'honnêteté est la qualité principale de l'homme politique, je reconnais honnêtement...

— Si tu ne t'arrêtes pas, je remonte la pendule !

Il sursauta.

— Parce que c'est toi qui...

Elle lui posa un petit bisou sur le nez.

— Mais non, idiot, crois-tu que j'aurais pu démonter l'horloge parlante ?

— C'est vrai. Tout de même, tu as failli me faire peur.

Ils réfléchirent encore. Florence rêvait plus qu'elle ne méditait, mais l'expérience montre que sa rêverie était plus fructueuse que les cogitations de son compagnon.

— On peut, reprit celui-ci, on peut imaginer que le temps ne s'est pas arrêté de la même façon pour tous et pour tout. Pour tout ce qui nous entoure, et pour tout ce que nous faisons : les pendules et les phrases, la fin de la nuit et la continuité de l'inquiétude, les départs des trains et la mise à sec des bouteilles. Donc, sans trop essayer d'analyser les choses, posons comme principe que nous n'aurons plus ni faim, ni soif, ni envie de fumer une cigarette, ni...

— Ni quoi ? demanda-t-elle d'un air câlin.

— Non : je suis désolé, mais cette fois, je ne pense pas à ce que tu penses. J'allais dire : ni la possibilité de sortir.

— C'est vrai. Non, ce n'est pas vrai : je peux sortir de cette pièce, si je veux.

— Tu as essayé ?

— Tu sais bien que non.

— Alors, tu ferais bien d'attendre avant de te précipiter sur la porte.

— Cette fois, c'est toi qui cherches à m'effrayer !

— Non. Mais si nous sommes en train de redécouvrir la situation du huis-clos, qu'est-ce qui fera désormais pour nous la différence entre la vie et la mort ?

— Ça y est ! J'en étais sûre !

— Voyons, Florence, réfléchis un peu.

Elle était furieuse, tout d'un coup.

— Mais je réfléchis ! Je trouve même que je réfléchis énormément ! Et je te déclare tout net que je m'en fous complètement ! Là.

Par esprit de contradiction, sans doute, Georges s'efforçait de ne pas perdre son calme.

— Tu te fous de quoi, au juste ?

— De ce que tu viens de me raconter ! Qu'il y ait quelqu'un ou personne dans la rue ! Que cette porte soit ouverte ou fermée ! Que nous soyons vivants ou morts ! Ça te paraît clair ?

— Pas encore très bien. Laisse-moi assimiler la situation.

Le silence s'épaissit de nouveau. On ne peut vraiment pas savoir combien de temps ça dura. Apparemment, les deux héros de cette histoire s'ensommeillaient peu à peu. Georges, d'ailleurs, bâilla profondément.

— Mais alors, mâchonna-t-il, dis-moi, mon cœur chéri : qu'allons-nous faire ?

— J'essaie de l'imaginer.

— Moi, j'ai trouvé.

— Raconte, dit Florence.

— Nous aimer. Tu ne crois pas ?

— Au fait, tu as raison !

Un peu d'animation leur venait.

— Te rends-tu compte, poursuivit Georges avec fièvre, que nous voilà en train de réaliser le fameux rêve des amoureux ? « Ô temps, suspends ton vol ! s'écriaient-ils. Je donnerais ma vie pour que, exétéra. » Un marché assez ridicule, soit dit entre parenthèses, parce que, si le temps suspendait son vol, la vie n'aurait plus aucune valeur marchande, et qui accepterait de l'échanger contre n'importe quoi d'autre ?

Elle bâilla (car ce spasme est communicatif) et s'étira longuement.

— Je suis consternée par ce style moderne et vulgaire, je n'ose dire « branché », que tu crois bon de te donner.

Il s'assit sur le lit.

— Bref : démodés, Tristan et Iseut ! Dépassés, Roméo et Juliette ! Dans les choux, Colin et Chloé ! Seulement, voilà : justement, pas nous ! Regarde-moi, Florence !

Il remuait ses bras en parlant.

— Je ne fais que ça, mon chéri. J'en ai les yeux qui s'injectent de sang !

Cette fois, il se mit debout. Sa tête touchait presque le plafond.

— Pour la première fois au monde, déclama-t-il, deux amants ont enfin l'éternité devant eux !

— Hé oui, dit Florence.

Il ne bougeait pas, écrasé par ce qu'il

venait de dire. Il ressemblait à la statue de Victor de Laprade, à Montbrison.

La jeune femme soupira.

— Tout bien réfléchi, murmura-t-elle rêveusement, je me demande si ça ne va pas être un peu long…

DEMI-DEUIL

Il règne toujours, dans la proximité d'une chambre mortuaire, une atmosphère un peu lourde, qui tient au confinement de l'air, à l'odeur âcre des fleurs coupées, à la chaleur des cierges et, vers les onze heures de relevée, au sommeil qui commence à peser sur les yeux.

Dans cette pièce-là, qui était un salon élégant, mais plutôt compassé, deux personnes luttaient contre l'ennui ce soir-là : un homme d'une quarantaine d'années, d'allure solide, au visage pas très énergique, quoique buriné, et une jeune femme mince, brune, assez vive, au corps souple, au regard pointu.

Ils étaient assis dans deux fauteuils osseux, recouverts de tapisserie, de part et d'autre d'une cheminée sans feu. Ils ne disaient rien depuis une douzaine de minutes, perdus dans des rêveries vagues, et probablement pas gaies.

— Elle dort, murmura soudain la jeune femme.

L'homme sursauta.

— Qui ? demanda-t-il brusquement.

— Mais... madame Verdure, voyons !

— Ah bon ! Vous m'avez fait peur !

Elle haussa les épaules avec agacement.

— Allons, Thierry, reprenez vos esprits : je ne vous parle pas de notre chère tante Émilie qui, ce soir, vers sept heures, a bien rendu son âme dévote à Dieu, mais de notre voisine, qui est venue la veiller avec nous !

Dehors, le climat général ne paraissait pas aussi paisible. Même, un fond d'orage traînait dans le lointain : un éclair vague traversait de-ci de-là l'écran des fenêtres, soutenu à contretemps par un coup de tonnerre assourdi.

L'homme soupira.

— Pardonnez-moi, je crois que je m'étais un peu endormi.

Le silence revint, à la fois solide et transparent. La jeune fille le rompit de nouveau.

— C'est à cette heure-ci que je suis arrivée hier. Comme le temps passe lentement : il me semble qu'il y a une semaine.

— C'est vrai. Je ne vous attendais plus.

— Mon train a eu du retard, je vous l'ai dit. Et, pour trouver un taxi à Barbeyrac à onze heures du soir, il faut remuer ciel et terre.

— Ce n'était pas un reproche, fit-il gentiment.

— D'ailleurs, l'essentiel est que je sois arrivée à temps pour assister à ses derniers moments.

Il y avait comme une ombre de sécheresse dans sa voix.

— Vous croyez qu'elle vous a reconnue ?

— Je ne sais pas. Il m'a semblé que oui, mais elle voulait peut-être simplement me faire plaisir.

Il eut un petit rire.

— Cela n'a jamais vraiment été dans ses manières !

— On peut changer de manières au moment de mourir.

— Peut-être. Mais vous savez, Rosette, moi non plus, je ne vous ai pas reconnue. Il est vrai que, la dernière fois que je vous ai vue, vous aviez quatre ans.

— Non : six. Moi, je me souviens assez

bien du beau lieutenant saint-cyrien qui venait nous voir et qui m'impressionnait avec son képi à plumeau !

— On dit un shako, rectifia Thierry, un peu pincé. Et le plumeau s'appelle un casoar.

— C'est bien possible.

— En outre, je n'étais pas lieutenant, mais aspirant. On n'est nommé lieutenant qu'en sortant de l'École.

— Hé bien, dites donc, j'en apprends des choses, ce soir ! Ma pauvre tante n'est pas morte pour rien !

Le tonnerre retentit, plus près semblait-il. Ils refirent silence un moment. Cette fois, c'est l'ex-aspirant qui le rompit :

— Vous comptez veiller toute la nuit ?

— Je ne sais pas. Tant que Mme Verdure sommeille, il me paraît convenable de ne pas dormir. Mais, si vous êtes fatigué, ne vous gênez pas : je peux très bien veiller seule.

— Non, non, je tiens à vous tenir compagnie. Enfin : disons jusqu'à minuit, par exemple.

— Si vous voulez.

Elle bâilla et changea de position sur son siège anguleux.

— Notre tante aurait dû prévoir un mobilier adapté aux veillées funèbres, vous ne trouvez pas ?

— Il y a certainement un fauteuil plus

confortable quelque part. Vous voulez que j'aille voir ?

— Non, pensez-vous ! Nous garderons un souvenir plus mélancolique de cette soirée, c'est dans l'ordre.

— L'ordre, murmura-t-il. Quelle sorte d'ordre ?

Elle ne répondit pas.

— Vous avez fait le tour de la maison ? reprit-il plus tard.

— Seulement de l'extérieur. Ce matin, je me suis promenée dans le parc. Elle a l'air superbe. Le parc aussi, d'ailleurs.

— L'intérieur n'est pas mal non plus, vous verrez. Sauf l'aile gauche, qui est un peu délabrée, parce que notre tante n'y a jamais mis les pieds depuis son installation.

— C'est vrai qu'elle devait être un peu grande pour elle.

Une pluie raide comme une poignée de sable se mit à battre la fenêtre.

Dans la pièce voisine, quelqu'un prit une forte inspiration, puis bougea, faisant grincer le bois d'un siège, puis retrouva le souffle régulier d'une personne à demi assoupie.

— Comment se fait-il, dit soudain Thierry, que vous ne soyez jamais venue ici ?

— Oh, c'est toute une histoire. Enfin : une petite histoire. Quand tante Émilie est rentrée de Nouvelle-Zélande, il y a neuf ans, après la mort de son mari, elle s'est d'abord installée chez mes parents, le temps de mettre de l'ordre dans ses affaires et de trouver une maison à son goût. Mon père était son seul neveu vivant, puisque le vôtre était déjà...

Elle s'interrompit brusquement.

— Mais pourquoi me posez-vous cette question ? Vous savez très bien tout cela !

— Pas du tout ! Vous oubliez que, de mon côté, je me trouvais alors en Extrême-Orient ! J'y ai passé une douzaine d'années. C'est d'ailleurs la raison pour laquelle nous nous sommes perdus de vue !

— Ah oui... Enfin, quoi qu'il en soit, tante Émilie avait alors pas loin de soixante-quinze ans. Elle était très autoritaire avec tout le monde. Il n'a pas fallu plus de quelques semaines pour que l'atmosphère de la maison devienne irrespirable. Si bien que, quand elle est partie, les relations entre la tante et le neveu s'étaient nettement refroidies. Du coup, ils ne se sont plus vus. Ou plutôt, si : je crois que mon père est venu ici une fois, au moment de son installation. Il est resté trois ou quatre jours avec elle, pour l'aider à trouver du personnel et s'assurer qu'elle ne manquait de rien. Mais il n'a pas voulu que je l'accompagne. D'ailleurs, je n'y tenais pas : je devais avoir quatorze ans, et je conservais un mauvais souvenir du séjour d'Émilie chez nous. Depuis, ça s'est arrangé, mais l'habitude était prise. Voilà pourquoi je vois cette maison pour la première fois.

Le cousin réfléchit un moment.

— Moi, dit-il, pas tout à fait, mais presque. Pendant mon séjour à Pnom-Penh, nous nous écrivions de temps à autre. Je lui envoyais des timbres des pays voisins, quand je partais en mission. Et je suis venu ici à deux reprises : la première fois au mois d'août, et puis à Noël. J'en ai gardé un souvenir ébloui, parce que le parc était superbe sous la neige. Les mésanges venaient frapper aux vitres pour réclamer du pain.

— Ce n'était pas triste ?

— Oh non ! Enfin : pas pour moi. J'aime assez la solitude, vous savez. Et la vie de garnison ne vous donne guère de satisfactions dans ce domaine... Aussi, quand je peux m'isoler, surtout dans un cadre aussi magnifique, j'en profite pleinement. Même la pluie ne pourrait pas me rendre mélancolique. Je ne dis pas qu'à la longue...

— Oui...

— Mais il n'y a aucune raison de s'y enfermer non plus.

— C'est vrai, dit Rosette.

Elle sourit, un peu moqueuse.

— Au reste, vous ne vous y enfermerez

pas, mon cher cousin, ni moi non plus, car je ne vois pas comment, ni l'un ni l'autre, nous pourrions conserver une maison pareille, à supposer que nous en héritions. D'abord, nous n'aurons pas de quoi payer les droits de succession. Ensuite, même si nous parvenions à la garder, il nous serait impossible de l'entretenir correctement.

— Cela dépend, fit calmement Thierry, du reste de l'héritage.

— De quel reste ?

— Ben oui : ce que vous dites serait vrai si cette maison constituait toute la fortune de notre tante. Mais supposez qu'elle possède, *en plus*, de quoi régler les frais de la succession et son entretien ? Cela changerait tout, vous ne trouvez pas ?

Rosette fit une légère grimace.

— Cela ne me paraît guère possible.

— Hé bien, vous vous trompez : son mari était vraiment très, très riche, je peux vous l'affirmer !

— Mais alors...

— Je ne vous le fais pas dire, observa Thierry poliment.

Un coup de tonnerre plus violent que les autres fit trembler les vitres de la fenêtre. Cette fois, l'orage était bien sur la maison.

Le monsieur de quarante ans finit par sombrer peu à peu dans une rêverie qui ressemblait beaucoup à un demi-sommeil. Soudain, sans raison apparente, il sursauta.

— Attendez : vous n'avez rien entendu, à côté ?

— A côté ? Non. Pourquoi ?

Il secoua la tête.

— Je ne sais pas. Je dois être nerveux.

— Ou vous avez rêvé.

— Peut-être.

— Voulez-vous que j'aille voir ?

— Oh, ce n'est certainement pas la peine.

— J'y vais tout de même.

Elle se leva et sortit de la pièce sans faire de bruit. Elle ne resta pas absente très longtemps. Quand elle revint, elle souriait.

— C'est Mme Verdure qui dort, dit-elle. Elle a dû faire un mauvais rêve, comme vous...

— Et ce n'est pas le dernier, soupira-t-il.

— Moi, je ne rêve jamais.

— Est-ce vraiment un avantage ?

— C'est la première fois que quelqu'un me pose la question.

— Au fond, reprit Thierry, nous ne savons pas de quoi est morte tante Émilie.

— Mais si : son médecin nous l'a dit ce soir ! Il la soigne depuis trente ans ! Elle en avait quatre-vingt-quatre, plus des ennuis cardiaques, ça ne vous suffit pas ? Son cœur ne continuait à fonctionner que grâce à des remèdes soigneusement administrés, et pouvait, à tout moment, l'abandonner. Ce qu'il a fait, tout à l'heure, à la tombée du jour. C'est un beau moment pour mourir, je trouve.

— Oui, insista le cousin. Mais je voulais dire : nous ne savons pas qui a remplacé son médicament habituel par de l'eau pure.

Elle sursauta.

— De l'eau pure ! Où avez-vous pris ça ? Vous divaguez, mon pauvre Thierry !

— Allons, Rosette, ne me dites pas que vous n'êtes pas au courant ! Je vous ai vue en train de flairer le flacon, dix minutes après sa mort !

— Ce n'était qu'un réflexe, une sorte d'acquit de conscience. Et, justement, je vais vous étonner : c'est bien son médicament qui se trouvait dans la bouteille !

— Vous en êtes sûre ?

— Autant que puisse l'être une ancienne étudiante en pharmacie.

— Au fait, c'est vrai : vous avez failli être pharmacienne.

Ce n'était peut-être qu'une idée, mais le ton de cette simple phrase parut soupçonneux à la jeune femme. Elle se rebiffa.

— Parce que mon père avait l'air d'y tenir ! Mais cela n'a pas duré très longtemps.

— Et maintenant ?

— Histoire de l'art. Nous sommes de nouveau loin de la digitaline.

— Tout de même, si ce que vous dites est vrai…

— Si ce que *nous* disons est vrai, rectifia-t-elle doucement. Qui me prouve que vous avez bien trouvé de l'eau dans la bouteille de médicament ?

Il eut un geste conciliant.

— D'accord : si ce que nous disons est vrai, il y a eu une double substitution.

— Très adroit, dit-elle froidement.

— Très adroite, en effet : si le hasard ne nous avait pas servis l'un et l'autre, personne ne s'en serait jamais aperçu.

— Non, je voulais dire : c'est très adroit de votre part, ce raisonnement.

— Ah ? Pourquoi ?

Il avait l'air sincèrement étonné.

— Une supposition que *vous* ayez effectué ladite substitution, expliqua-t-elle. Vous me voyez en train de sentir le médicament, et… Non, ça ne va pas.

Elle se leva, marcha lentement jusqu'à la fenêtre, écarta les rideaux et ouvrit les croisées. La pluie parut entrer. Rosette se pencha au-dehors.

— Je suis tout de même heureux de vous l'entendre dire ! grommela Thierry. Naturellement, ça ne va pas ! Si c'était moi, pensez-vous que je vous en aurais parlé ? J'étais simplement persuadé que vous vous étiez également aperçue de la première opération : celle qui a changé la digitaline contre de l'eau.

Elle se retourna et referma la fenêtre. Ses cheveux étaient mouillés.

— Attendez, non : cela prouve seulement que ce n'est pas vous qui avez effectué la seconde.

— Attendez vous-même : j'ai la tête qui tourne.

Elle tira un petit mouchoir de sa manche et s'essuya le nez, les oreilles et le front.

— C'est peut-être ce que vous avez bu ce soir, dit-elle paisiblement. Vous n'avez pas trouvé que le vin avait un drôle de goût ?

Il ricana.

— Si. Mais si vous aviez regardé le nom du négociant, sur l'étiquette, cela ne vous étonnerait pas !

— Vous croyez ?

— Évidemment que je le crois. Qui pourrait bien chercher à nous empoisonner ?

Elle eut un geste d'impatience.

— Je n'ai pas dit cela. Ce serait trop voyant. Mais à nous endormir un peu plus vite, par exemple. Juste le temps de faire disparaître certaines choses.

— Quoi donc ?

— Gardez les yeux ouverts, Thierry.

Vous les découvrirez peut-être. Pourquoi croyez-vous que Mme Verdure s'est endormie si tôt ?

— Parce qu'elle est vieille, et fatiguée.

— Allons donc : les vieux résistent mieux au sommeil que nous !

— C'est l'histoire de l'art qui vous donne un esprit aussi soupçonneux ?

— C'est bien possible. On nous apprend à percer les secrets des chefs-d'œuvre.

— Tante Émilie n'était pas un chef-d'œuvre !

— Mais, dit Rosette doucement, son assassinat pourrait bien en devenir un.

Il fallut un moment au cousin, semble-t-il, pour assimiler cette idée. Encore n'est-on pas certain qu'il l'assimila complètement. Mais on pouvait attribuer ce défaut de compréhension à la vague somnolence qui l'envahissait, par degrés, depuis une heure ou deux.

— Au fait, n'en dit pas moins Rosette, comment avez-vous appris que le médicament avait été remplacé par de l'eau ?

— Parce que, répondit-il sans paraître démonté, vers cinq heures, c'est moi qui ai donné ses gouttes à tante Émilie. On les lui servait dans du jus d'orange pour en atténuer l'amertume. Elle était assise dans son fauteuil, près de la fenêtre de sa chambre. Elle a bu, puis elle m'a dit : « Mon pauvre

Thierry, après mes yeux et mes oreilles, voilà que c'est ma langue qui baisse, à présent : je ne sens plus le goût de mon médicament... » Intrigué, j'en ai versé un peu sur ma main, pour goûter : effectivement, c'était de l'eau. Et c'est deux heures après qu'elle est morte. Mais vous le savez mieux que moi, puisque c'est vous qui vous trouviez près d'elle à ce moment-là.

Elle replaça son mouchoir dans sa manche. Cela faisait une petite bosse.

— Je m'y trouvais parce que vous avez autorisé Marie à s'absenter.

— Pardon : je n'avais pas d'autorisation à lui donner. Une heure après la mort de tante Émilie, elle m'a dit qu'elle souhaitait aller se reposer deux jours dans sa famille, jusqu'aux obsèques. Elle a une sœur qui habite à une trentaine de kilomètres d'ici. Cela ne m'a pas paru étrange : la pauvre Marie n'a pas beaucoup dormi durant cette dernière semaine ! Elle m'a demandé si nous pourrions nous débrouiller tout seuls. Je lui ai dit oui, bien entendu : Mme Verdure nous avait déjà proposé de venir veiller avec nous. Et je suis capable de faire une omelette.

— C'est tout de même bien commode, ce départ.

— Pourquoi ?

— Parce que, dit Rosette d'un air innocent, cela met Marie à l'abri des questions indiscrètes, vous ne trouvez pas ?

Son cousin regarda la jeune femme sans indulgence.

— Vous ne l'aimez guère, n'est-ce pas ?

— Et vous ?

— Je ne…

— Pourquoi l'aimerais-je ? Je ne la connais que depuis hier soir, et c'est une concurrente redoutable pour l'héritage de notre chère tante !

— Je crois qu'elle lui était très attachée, vous savez.

Rosette fit un geste du bras, sans signification particulière.

— Pourquoi pas ? dit-elle. Cela se produit assez souvent, je suppose. Mais ça ne change rien à mon problème. Au fond, si l'on pouvait démontrer que Marie a mis de l'eau dans le flacon de digitaline, cela nous arrangerait bien.

— Vous ne pensez pas ce que vous dites, Rosette !

— Non, je ne le pense pas, pardonnez-moi. Enfin : pas tout à fait. C'est cette situation idiote qui me fait tourner la tête. Et vous, qui échafaudez des hypothèses absurdes !

Il s'insurgea.

— Ah non ! Je regrette : c'est bien vous qui prétendez que l'on cherche à nous endormir, et qui venez de prononcer le mot « assassinat » !

— Je me borne à suivre votre raisonnement.

— Hé bien, poussons-le jusqu'au bout ensemble : qui pouvait avoir accès au flacon de médicament ? Cinq personnes. Qui profite de la mort d'Émilie ? Trois seulement : Marie, vous et moi.

— Moi, je n'en ai pas vraiment besoin.

— Moi, si.

Sa voix était devenue un peu âpre.

— La solde d'un capitaine d'infanterie permet à peine de vivre décemment. D'ailleurs, vous aussi, j'en suis persuadé : tout le monde peut avoir besoin de la mort de quelqu'un, si ce quelqu'un possède beaucoup d'argent. Vos parents sont riches ?

— Vous savez bien que non.

— Et vous vivrez comment, quand ils ne pourront plus vous entretenir ?

— Je suppose que je travaillerai. Je ne serai pas la seule. Et c'est à cela que je me prépare.

— Ouais, dit Thierry. Savez-vous combien de diplômés d'histoire de l'art meurent de faim ?

— Non.

— Alors, informez-vous. Il est vrai que vous pourrez toujours faire un riche mariage. Vous êtes assez jolie pour ça.

Elle dressa un menton irrité.

— Vous n'avez pas le droit de dire ça, jeta-t-elle. Je n'ai l'intention de me vendre à personne !

— Je vous en félicite. Dans ce cas, regardez les choses en face : pour quelqu'un d'extérieur à notre maison, vous faites partie de ceux qui *profitent*, au sens strict du terme, de la mort de votre tante Émilie.

Elle fronça ses sourcils, épais et noirs.

— Quelqu'un d'extérieur ? De qui parlez-vous ?

Il se donna les gants de hausser les épaules.

— D'un policier, par exemple.

— Un policier ? Vous êtes fou, Thierry ! Pourquoi un policier viendrait-il s'occuper de la mort d'Émilie ?

— Parce qu'une jeune écervelée aura bavardé à tort et à travers.

Cette fois, elle était furieuse. Malgré la solennité de l'heure et du lieu, elle éleva la voix.

— Cela vous va bien de me faire de la morale ! Qui a parlé le premier de l'échange des médicaments ?

Il eut un geste d'apaisement.

— C'est moi, je le reconnais. Parce que j'étais inquiet. Je me demandais quelle était votre place dans ce puzzle dont je ne discernais pas bien les contours.

Elle baissa les yeux et croisa ses doigts.
— Thierry, dit-elle, qu'allons-nous faire ?
Au-delà de la fenêtre, la pluie s'alanguissait.

Il y eut un nouveau temps, pas très long, cette fois.
— Je sais, reprit la jeune femme : je crois que je vais me faire une tisane. Pour le reste, nous verrons ensuite. Vous ne voulez pas une tisane ?
— Cela dépend, dit Thierry. Pas de la camomille. Je déteste la camomille.
— Il me semble avoir vu de la verveine dans le buffet de la cuisine. Et de la bourrache, ou des quatre fleurs. Et du millepertuis. Vous ne voulez pas du millepertuis ?
— Tout bien réfléchi, je crois que je serais plus sensible à quelque chose de plus revigorant.
— Dans quel genre ?
— Dans le genre charentais. Ou écossais, si je puis me permettre.
— Je vais voir, s'empressa-t-elle.
— C'est ça, cousine : allez donc voir.

Elle revint avec une bouteille de Ballantine's fortement entamée, un verre à pied et une tasse fleurie avec la soucoupe assortie.
— Mon eau chauffe, dit-elle. Servez-vous sans m'attendre.

— Merci. On se demande vraiment pourquoi notre tante avait une bouteille aussi sympathique à sa portée.

Il se servit, sans exagérer.

— Remarquez : je ne l'ai pas trouvée au salon, mais dans le buffet de la cuisine. Il y a des recettes qui réclament un peu d'alcool.

— Lucullus en soit loué. Mais, dites-moi, j'y pense tout d'un coup : puisque Marie est partie, ce n'est donc pas elle qui a cherché à nous empoisonner, ou à nous endormir — à supposer, bien sûr, que quelqu'un ait effectivement eu cette préoccupation.

— Vous voulez dire : *si* elle est partie.

Il but une gorgée de son remontant.

— Je sens que vous avez encore une drôle d'idée. Une idée que je ne vais pas aimer.

— Je ne sais pas si vous la trouverez drôle. Figurez-vous que, tout à l'heure, vers huit heures dix pour être précise, j'ai eu besoin de me rendre dans ma salle de bains, dont la fenêtre, vous ne le savez peut-être pas si vous n'y êtes jamais entré, donne sur la partie occidentale du parc, c'est-à-dire sur les anciennes écuries. J'y ai vu, sans surprise parce que j'ignorais qu'elle devait être partie depuis vingt minutes, j'y ai vu savez-vous quoi ? La Renault 5 de notre fidèle servante. Elle y était encore une heure plus tard. Voulez-vous aller vérifier ? J'ai une lampe électrique, si cela vous paraît nécessaire.

Il lui parut nécessaire, au cousin, de s'enfiler une deuxième gorgée de la tisane écossaise. Sur ce, la demoiselle s'éclipsa pour voir où en était l'eau de sa boisson réconfortante.

Elle revint avec une casserole fumante.

— Vous n'en voulez vraiment pas ? demanda-t-elle. C'est du millepertuis cueilli sur les pentes voisines, c'est écrit sur le bocal.

— Merci : je préfère m'en tenir à un seul poison.

Elle se servit, et se mit à laper la boisson odorante.

— Je ne comprends pas, dit Thierry, ce que signifient toutes vos allusions.

— Ce ne sont pas des allusions.

— Appelez-les autrement, si vous préférez.

— Moi non plus, je ne comprends pas. Il y a des questions que je me pose, voilà tout.

— Vous m'inquiétez. Si vous avez raison, nous ferions peut-être bien de téléphoner à la gendarmerie ?

— Pas tout de suite : attendez l'ouverture du testament. Nous aurons peut-être une bonne surprise.

— Je me méfie des surprises.

— Allons, mon cousin, dit Rosette en souriant, ne désespérez pas : nous avons déjà fait le plus difficile...

Un dernier coup de tonnerre leur parvint, de très loin. Il y aurait certainement du soleil, le lendemain.

UNE CAUSE DÉSESPÉRÉE

Depuis que les Occidentaux ont remplacé l'espoir en la vie éternelle par l'appétit des biens terrestres, et abandonné la crainte de Dieu, les églises restent fermées la nuit pour les protéger contre les cambrioleurs. Il est vrai qu'elles ont perdu depuis longtemps leur caractère sacré de lieux d'asile. Pourtant, de temps à autre, une âme que bouleverse le désarroi souhaite encore pouvoir s'y réfugier. Il arrive heureusement qu'un sacristain étourdi oublie de verrouiller ses portes à la tombée du jour.

C'est ainsi que le 22 mai 1988, à Grainville-sur-Oudon, au moment même où le clocher de Sainte-Ursule sonnait la demie d'une heure, un individu poussa le lourd vantail de l'édifice, se faufila entre les deux battants et referma sans bruit. A son allure, à sa démarche, il paraissait du sexe mâle. Il hésita deux ou trois secondes dans l'obscurité, puis remonta rapidement l'allée de gauche, vers une statue de femme faiblement éclairée par deux cierges moribonds.

— Vierge sainte (dit-il) je reconnais (d'une voix hachée) que je ne crois (par un souffle court) guère en vous.

Il respira profondément. Puis, d'une seule traite :

— Mais je n'ai plus le choix : si vous m'entendez, venez à mon secours !

— Je suis navrée de vous décevoir, lui répondit-on avec bonté, mais vous vous trompez d'adresse, mon pauvre ami. La Vierge Marie, c'est dans la deuxième chapelle à droite. La statue avec une robe bleue.

— Pardon, pardon ! fit le suppliant confus. Mais, à qui ai-je donc l'honneur ?

— Rita. J'ai cinq siècles de moins que notre mère Marie, et je ne suis sainte que depuis quatre-vingt-dix ans, ce qui est bien peu. Je n'ai pas une grande habitude des miracles. Cela dit, si vous avez un problème grave, je peux peut-être vous aider, parce que c'est moi que l'on invoque généralement pour les causes désespérées.

Le type sursauta.

— Les causes désespérées ? Mais c'est tout à fait mon cas, madame ! C'est sûrement mon inconscient qui m'a conduit vers vous !

— Vous savez, ici, nous nous référons plus volontiers aux divines voies de la Providence qu'à l'inconscient.

— Je ne vais certainement pas vous chicaner là-dessus.

— Tenez : asseyez-vous sur ce banc, et dites-moi ce qui vous préoccupe.

— C'est très simple, et très horrible à la fois : je viens de tuer ma femme.

— Hum. Vous en êtes sûr ? A première vue, cela ne vous ressemble pas.

— Non, c'est vrai. Je n'aurais jamais imaginé que…

Il reprit, d'un ton accablé :

— Pourtant, c'est arrivé.

— Racontez-moi ça, dit la sainte gentiment.

L'homme, gêné, s'agita sur son banc.

— Je ne sais si je dois…

— Ne vous inquiétez pas. Cette église en a entendu bien d'autres.

C'est alors qu'il s'aperçut que la lumière

tremblante des cierges animait curieusement les yeux et la bouche de la statue. Enfin : c'était certainement la lumière des cierges.

— Bon, fit-il résolument. Je m'appelle Grégoire Cordonnier. J'ai quarante-deux ans, et j'exerce la profession de courtier en librairie. Dictionnaires et livres d'art.

Il réfléchit un instant.

— D'abord, je dois vous avouer que je ne dis « ma femme » que par commodité : Marie-Rose n'était pas mon épouse légitime. Mais nous partagions le meilleur et le pire depuis quelques années. Ne m'en veuillez pas si nous ne sommes pas passés par l'église.

— Tous mes biographes ont raconté que je n'ai pas été heureuse en ménage. Je ne vais pas vous reprocher d'avoir fait un autre choix.

— Il n'a pas été heureux non plus. Sauf au début, comme toujours. Enfin passons. Hier soir, nous sommes allés dîner chez des amis, de vieux amis que nous voyons souvent. Après le dîner, nous nous sommes lancés dans une de ces discussions politiques futiles et bornées que nous aimons tant dans ce pays.

— Épargnez-moi les généralités.

— Pardon. Bref : nous n'étions pas d'accord, Marie-Rose et moi, ce qui nous arrive souvent, d'ailleurs : elle me reproche ce qu'elle appelle mes idées de droite. Si j'en avais d'autres, elle me les reprocherait aussi, bien entendu. Elle avait pris le parti de Robert, ce qui m'a énervé, parce que Robert est un de ses anciens jules. Je ne lui en fais pas grief, notez bien, mais j'aime mieux qu'on me parle d'autre chose. J'espère que je ne vous choque pas.

— Vous ne me choquez pas vraiment, dit la sainte d'un air perplexe (pour autant qu'une statue puisse manifester un tel sentiment). Mais pourquoi passez-vous une soirée avec ce Robert, si vous ne voulez pas entendre parler de lui ?

— Je ne savais pas qu'on l'avait invité. D'ailleurs, c'est une vieille connaissance. Et puis, cela n'a pas de rapport.

— Soit, dit rêveusement Rita. En vérité, j'ai un peu de mal à vous suivre. Essayez de vous en tenir à l'essentiel.

Il soupira.

— C'est difficile à raconter. Cela se bouscule dans ma tête. J'ai tout de même un peu la cervelle à l'envers.

— Respirez. Pour l'instant, vous ne risquez rien.

— Oui, reprit Grégoire. Donc, nous sommes partis vers minuit et demi. Nous avons continué à nous disputer dans la voiture. J'ai mis vingt minutes à trouver une place, ce qui n'a rien arrangé. En arrivant dans l'appartement, Marie-Rose m'a dit qu'elle en avait assez, qu'elle n'aurait jamais dû venir vivre avec moi, et que son Robert avait ceci et cela, enfin : des choses qu'elle pensait peut-être, mais qu'elle aurait mieux fait de garder pour elle. J'étais exaspéré. J'ai eu un geste d'énervement, trop vif sans doute. Elle a eu peur, elle a reculé brusquement, elle a glissé sur le tapis du salon, elle est tombée en arrière. J'ai entendu sa nuque cogner contre le bord de la table, avec le bruit d'un coup de poing : bang ! Elle ne s'est pas relevée.

Grégoire enfouit son visage dans ses mains. Un bref sanglot le secoua.

— Hé bien, dit la sainte doucement, c'est un accident, voilà tout.

Il releva le nez.

— Oui, mais comment pourrai-je le prouver ? Il y a sept ou huit personnes qui déclareront que nous sommes partis en nous disputant. Robert va en profiter pour m'enfoncer.

— Je vois. Et ensuite ?

Il haussa les épaules.

— J'ai perdu la tête. Je suis parti comme un fou. Une fois dans la rue, je me suis dit qu'elle n'était peut-être qu'évanouie, qu'elle avait besoin de secours. J'ai trouvé une cabine téléphonique qui marchait et j'ai appelé la police. Les flics sont sûrement chez moi, à l'heure qu'il est.

— Vous habitez loin ?

— Non. Rue Sainte-Catherine, à deux ou trois cents mètres d'ici.

Un peu de temps se passa. La statue de la sainte donnait l'impression, c'était assez curieux, de froncer les sourcils sous l'effort. Un des deux cierges, le plus court, se mit à grésiller. Grégoire n'osait plus moufter.

— Je n'ai pas d'idée, là, sur-le-champ, dit-elle enfin. Il faut que je réfléchisse.

Il secoua la tête, avec toutes les apparences de la désolation.

— Alors, je suis perdu.

— Pas du tout, se récria-t-elle : vous êtes à l'abri, au contraire ! Personne n'aura l'idée de venir vous chercher ici cette nuit !

— Peut-être. Mais demain ?

— Demain, j'aurai trouvé quelque chose, tranquillisez-vous. Croyez-vous que l'on guérisse les causes désespérées en quelques minutes ?

Il ne répondit pas.

C'est alors que la porte de l'église s'ouvrit, sans précaution, et même avec une certaine vulgarité. Des bruits de pas retentirent sous les voûtes, et des chuchotis coururent le long des allées.

— Vous vous trompiez, madame, dit Grégoire tristement. Ils n'ont pas mis longtemps à me trouver. Connaissez-vous un endroit où je puisse me cacher ?

— Pas vraiment.

— Un confessionnal, peut-être ?

— Surtout pas : c'est là qu'ils iront voir d'abord ! Ne bougez pas. Je m'en charge.

— Je ne vais pas me laisser prendre sans...

— Ne bougez pas ! répéta-t-elle d'un ton sans réplique.

Le premier cierge s'éteignit brusquement. L'autre continuait à clignoter faiblement.

« Mon Dieu, se dit Grégoire, que m'arrive-t-il ? Je sens mes pieds qui se réfrigèrent, mes jambes qui s'ankylosent, mes cuisses qui s'alourdissent, mes hanches qui se cimentent, ma poitrine qui se cristallise, mon... »

Et puis, il ne pensa plus rien.

Les pas et les chuchotis s'approchèrent, passèrent non loin de là, parurent hésiter un moment et s'en furent. La porte de l'église battit avec force, jusqu'au fond du chœur.

Grégoire eut l'impression de revenir doucement à lui.

— Que m'est-il arrivé ? murmura-t-il.

— Presque rien, dit la sainte : vous vous êtes immobilisé, et ils vous ont pris vous aussi pour une statue.

— Ils n'ont pas dû m'examiner de bien près.

— Je suis un peu intervenue pour qu'ils regardent ailleurs, j'en conviens.

— En tout cas, de mon côté, j'y ai certainement mis de la bonne volonté : j'ai encore les genoux qui craquent.

Une lueur moqueuse traversa les yeux peints.

— Oui, c'était bien imité.

— Je ne me connaissais pas un tel talent.

— Détendez-vous maintenant : personne ne viendra plus avant demain matin.

— Merci.

Mais il ne se détendait pas, Grégoire. Les images fortes et désastreuses de la soirée qu'il venait de vivre allaient et venaient sous son front en vagues limoneuses. Il s'efforça de penser à autre chose.

— Comment en est-on venu, hasarda-t-il, à vous confier le soin des causes désespérées ?

— A dire vrai, je ne le sais pas très bien. Je suppose que c'est parce que ma canonisation est toute récente, et que personne n'avait voulu s'en charger jusque-là. J'ai pris ce qui restait, en quelque sorte.

— Et votre canonisation elle-même est l'aboutissement d'une longue aventure ?

Le regard de la sainte se fit plus vague, ou plus profond, il était difficile de le savoir.

— Assez longue, en effet, dit-elle. Mais

pas aussi singulière qu'on pourrait l'imaginer. Vous voulez que je vous la raconte ?

— Avec plaisir. J'aimerais mieux savoir à qui je devrai peut-être mon salut.

— Pour votre salut, c'est Dieu seul que cela concerne, vous savez.

Il s'installa plus commodément sur le banc étroit.

— Disons ma sauvegarde, admit-il.

— C'est ça, oui, je préfère. Je suis née en Italie, à Roccaporena, une petite ville de l'Ombrie. Ce n'était alors qu'un gros village.

— Je connais un peu la région : j'ai visité Assise et Pérouse.

— Roccaporena n'est pas aussi célèbre. Mes parents se désolaient de n'avoir pas d'enfants. Ils priaient Dieu de leur venir en aide, et leurs prières portèrent finalement leurs fruits. Je naquis au mois de mai 1381. Il paraît que je fus une enfant docile et facile à élever. Cela ne me surprend pas. Très jeune, j'aimais la prière et la contemplation de Jésus sur sa croix. Il est vrai que je n'avais guère le choix. Depuis que j'avais vu le jour, ma mère ne cessait de se confondre en protestations de reconnaissance, et m'associait à toutes ses dévotions. A quinze ans, la vie religieuse me parut l'aboutissement naturel d'une éducation aussi édifiante. Mais la vie sociale a ses lois qu'un enfant, et surtout une fille, ne devine pas toujours. La piété de mon père céda devant ses intérêts terrestres et il me maria à un seigneur de Spolète, nommé Crassius. Cet homme avait beaucoup de biens, ce qui veut dire qu'il faisait beaucoup de mal. Il m'en fit, comme à tout le monde. Vers la fin du XIVe siècle, je ne sais pas si vous vous en rendez compte, toute femme était une esclave. Mon époux avait vingt ans de plus que moi. Il me brutalisait au lit, et ne m'accordait aucun regard le reste du temps.

Grégoire eut un petit sourire triste et narquois, tout à la fois.

— J'ai le regret de vous dire, observa-t-il, qu'un grand nombre d'hommes de notre société libérée se conduisent ainsi.

— N'est-ce pas ? C'est ce qu'il m'avait semblé comprendre. J'ai l'oreille fine, et le confessionnal de l'abbé de Lannion n'est qu'à quelques mètres de moi. J'ai tout de même eu de la chance. Ou Dieu s'est occupé de moi, comme on voudra. Crassius, un jour où il se battait avec un de ses officiers pour la possession d'une gueuse sicilienne, tomba percé au flanc d'un coup de poignard. Je le soignai avec toute l'abnégation que l'on pouvait attendre d'une épouse chrétienne. Fut-ce mon dévouement ? Fut-ce la crainte de la mort ? Fut-ce une étincelle venue de Dieu ? On ne sait pas. Toujours est-il que mon époux changea de comportement, sinon de caractère. Le diable se fit ermite, et je n'eus plus rien à lui reprocher. C'est vers cette époque qu'il me fit deux garçons, qui n'ont pas laissé de trace dans l'Histoire. Plus tard, je me suis demandé s'ils n'étaient pas un peu stupides. Mais une mère ne se pose pas ce genre de questions, surtout si sa situation sociale la contraint de mettre ses enfants en nourrice.

— C'étaient de bonnes nourrices ?

— Probablement : c'est ma belle-mère qui les avait choisies. A quelque temps de là, exactement le 10 septembre 1416, jour où l'on fête saint Nicolas de Tolentino, en revenant de Florence, Crassius fut attaqué par des bandits de grand chemin et assassiné avec ses compagnons. Un seul en réchappa, qui raconta l'histoire.

— Quelle horreur !

— Oui. Je n'ai jamais bien compris pourquoi le Seigneur avait attendu qu'il fût devenu meilleur pour le punir de son exécrable conduite antérieure. Mais vous savez ce qu'il faut penser des desseins de Dieu.

— Je ne sais, fit modestement Grégoire, que ce que tout le monde en dit.

— Bref, reprit la sainte : me voilà veuve à trente-cinq ans, juste au moment où la vie conjugale commençait à m'intéresser, car ma brute de mari n'avait pas que de mauvais côtés. Dix-huit mois plus tard, au cours d'une promenade en barque sur le Tibre, en compagnie d'une bande de chenapans, mes deux fils périrent noyés : la barque s'était retournée, aucun survivant, je vous passe les détails.

Grégoire écarta les bras en signe de compassion.

— Ma pauvre amie (oh, pardon !), le sort s'acharnait terriblement contre vous !

Elle parut frappée par cette remarque.

— Vous le pensez vraiment ?

— Comment faire autrement ?

— Hé bien, justement, il m'a toujours semblé jusqu'ici que la Providence me ramenait enfin à ma vocation initiale : la vie religieuse.

— S'il en est ainsi, elle y a mis le temps !

— Le temps n'existe pas pour la Providence.

— Soit, dit Grégoire.

Sa vieille agressivité anticléricale remontait sournoisement en lui.

— Tout de même, ergota-t-il, elle aurait pu s'y prendre de manière à ne pas sacrifier trois vies, dont deux au moins étaient innocentes.

— Innocentes ? Allez savoir. Quoi qu'il en soit, je pardonnai aux assassins de mon mari et cherchai une retraite pour y achever ma vie. Assez curieusement, on me refusa l'accès de plusieurs monastères. On n'y acceptait pas les veuves, me disait-on. Comme si c'était de ma faute, si je l'étais !

— Bien sûr.

De nouveau, la statue parut s'animer. En tout cas, ses joues prirent une teinte plus vive.

— Enfin, rappelez-vous ! On m'avait mariée par force, on avait assassiné mon mari ! Et l'on me reprochait d'être veuve !

— Ce n'étaient pas les mêmes « on », remarquez.

(C'est une observation qui lui était familière, car il ne supportait pas la confusion lexicale. Une manie comme une autre. Inoffensive, si l'on y réfléchit bien.)

— J'ai fini par trouver un couvent accueillant : celui des Augustines de Cascia. J'y suis entrée en 1417, la veille de la Pentecôte, je m'en souviens très bien. J'y ai vécu quarante ans.

Elle s'interrompit.

— Si l'on appelle ça vivre, ajouta-t-elle rêveusement.

— Dans le cas contraire, vous ne seriez pas ici !

— Savez-vous qu'il m'arrive parfois de me poser cette question ? J'ai rapidement retrouvé ma dévotion à Jésus et à la Croix. Des années ont passé, sans événement, sans éclat, sans aspérités. Vous ne pouvez pas vous imaginer ce que peut signifier le mot

« vide » si vous n'avez pas connu la vie monacale. Et puis, un jour, le Jeudi-Saint de l'an 1441, alors que je priais dans la contemplation de Jésus couronné d'épines, je sentis une goutte de liquide tiède couler sur mon front, contourner mon sourcil gauche et descendre le long de mon nez. Quand elle atteignit ma bouche, d'un coup de langue, je la goûtai : c'était du sang. Alors, je m'évanouis.

Elle paraissait encore très émue à ce souvenir pourtant vieux d'un demi-millénaire et plus.

— Je crois, dit gentiment Grégoire, que j'en aurais fait autant.

— Je me réveillai dans ma cellule, convenablement entourée de religieuses compétentes en matière de secourisme. On m'apprit que j'avais une plaie au front, qui semblait causée par la pointe d'une épine. Cette plaie ne guérit jamais. Seize ans plus tard, quand je mourus, un pansement couvrait encore le devant de ma tête. Bien pis : cette plaie se mit à dégager, paraît-il, car je ne la sentais point, le Ciel en soit loué, une odeur épouvantable. On m'attribua donc une cellule éloignée dont je ne sortis plus.

— N'est-ce point ce que vous cherchiez, au fond ?

— Peut-être. En tout cas, je m'y accoutumai au point de ne plus supporter la présence d'aucune de mes compagnes. Je mourus seule, au crépuscule, quand les âmes chéries de Dieu voient le Ciel s'ouvrir devant elles. Il y a exactement cinq cent trente-deux ans aujourd'hui, puisque c'était le 22 mai...

— Ça, fit Grégoire admiratif, c'est ce que j'appelle une coïncidence !

— ...jour où l'on fête également Julie.

— Vierge et martyre.

— C'était mon rêve, ajouta la sainte effectivement rêveuse. Mais comment le savez-vous ?

— J'ai vécu six mois avec une Julie. Elle citait sans cesse sa patronne. Sans doute parce qu'elle était tout le contraire d'une vierge, et qu'elle martyrisait son entourage.

— Ne faites pas d'amertume.

— J'ai dépassé ce stade. Finissez votre histoire.

— J'arrive au bout. On raconte qu'une lumière miraculeuse et une odeur suave, également miraculeuse, envahirent ma cellule quand je rendis le dernier soupir. C'est possible : je n'étais déjà plus là pour le voir. On dit aussi que mon corps ne s'est jamais décomposé et que, depuis cinq siècles et demi, on l'admire toujours, intact, à Crescia. Je dois reconnaître que je n'ai pas eu la curiosité, ou le courage, d'aller vérifier.

— Je le ferai pour vous, si je sors d'ici.

— Votre intention me suffit : je vous tiens quitte du reste.

Grégoire parut frappé.

— Vous voulez dire que je n'en sortirai pas ?

— Patientez donc un peu : laissez le Seigneur disposer ses écheveaux comme il l'entend.

— Pardonnez-moi : je ne connais pas les usages de la maison.

— Ne vous inquiétez pas, cela viendra.

Le fugitif réfléchit quelques secondes, les yeux fixés sur le visage de la statue que la flamme des cierges animait doucement.

— Deux questions me préoccupent un peu, dit-il. Puis-je vous les poser ?

— Essayez toujours.

— Si je compte bien, vous êtes morte à soixante-seize ans.

— A quelques jours près.

— Alors, pourquoi vous représente-t-on ici sous les traits d'une jeune femme, au visage lisse, à la bouche pulpeuse, aux yeux fiévreux ? Dois-je continuer ?

— Non. C'est que les artistes m'ont toujours fixée à l'instant où, venant de perdre mon mari, j'ai dû renoncer à la vie terrestre. Je ne sais pourquoi le Seigneur m'a infligé cette dernière épreuve, indéfiniment multipliée : j'aurais préféré revivre, pour l'éternité, un moment moins douloureux de mon existence.

— Savez-vous que la plupart de vos adorateurs doivent être amoureux de vous ?

Une sorte d'éclat passa dans le regard de la statue.

— C'est une idée qui m'est parfois venue.

— Elle vous gêne ?

— Pas vraiment. Cela m'est arrivé trois ou quatre fois de mon vivant. Je veux dire : d'avoir des amoureux. Ce n'est pas une sensation désagréable. Et puis, je me sens un peu seule dans cette grande maison.

— Je pensais que les quarante années que vous avez passées chez les Augustines vous avaient habituée à la solitude.

— Comme vous venez de l'observer, l'artiste qui a modelé mon image me les a enlevées. Je suppose que, du même coup, il m'en a ôté le bénéfice. Vous aviez une autre question ?

— Oui, dit Grégoire résolument. Comment se fait-il que vous me parliez et que je vous entende ? Suis-je en train de rêver ?

— Non. C'est un privilège que Dieu nous accorde : chaque année, le jour où l'on nous fête, nous avons le droit de communiquer directement avec quelqu'un qui a besoin de nous.

— Pourquoi ne sait-on pas ces choses-là ?

— On les savait jadis. Si vous ne les savez

plus, c'est que vous les avez oubliées, voilà tout.

Grégoire soupira.

— Dieu, que j'aimerais venir vous tenir compagnie ! Je ne supporte plus la vie que je mène, les embouteillages, les dîners en ville, les imbéciles comme Robert, les femmes qui s'assomment sur le coin des tables, les flics qui vous courent après !

Elle marqua sa surprise d'un signe imperceptible.

— Me tenir compagnie ? Comment cela ?

— Comme je suis en ce moment, devant vous, sans bouger, dans l'infinie douceur que vous répandez sur moi.

— Les mauvais moments que vous venez de vivre vous jettent dans une exaltation un peu ridicule.

— Vous croyez ?

— Je n'ai pas besoin de le croire : je le vois.

— Ces mauvais moments en sont peut-être la cause, en effet. Mais une autre chose est sûre : depuis vingt minutes que je vous contemple et que je vous écoute, je sens s'élever en moi une passion véritable pour vous. Véritable, c'est-à-dire à la fois divine et terrestre.

— Savez-vous de quoi vous parlez ?

— Pas très bien, non. Cela ne ressemble

pas à ce que j'ai pu éprouver à différentes reprises.

Elle eut une sorte de sourire.

— Mon pauvre ami, voilà qui pourrait bien ressembler à une passion sans espoir.

— C'est pourquoi je la dépose entre vos mains. J'ai cru comprendre que c'était votre spécialité.

— Écoutez, franchement, vous m'embarrassez beaucoup. C'est la première fois, depuis cinq cent soixante-douze ans, que je me trouve dans une telle situation. J'ai oublié ce que l'on doit répondre en pareil cas.

— Alors, ne me répondez rien, et descendez vous asseoir près de moi.

— Non, cela, je sais que je ne peux pas le faire. En revanche, je peux vous aider à me rejoindre, si vous le désirez.

Il sourit, dans la souffreteuse lueur du dernier cierge.

— Et comment, que je le désire !

— Vous avez une préférence pour le bois ou le plâtre ?

— Le bois, bien sûr. Le châtaignier, si possible.

— C'est possible. Comment vous appelez-vous ?

— Grégoire.

— Ça, c'est plus ennuyeux, dit la sainte. Si ma mémoire est bonne, il y en a déjà vingt-huit, dont l'Illuminateur et le Thaumaturge, l'évêque de Cappadoce, celui de Tours et une demi-douzaine de papes. Cela ne vous contrarie pas trop d'entrer dans une aussi prolifique tribu ?

— Je passerai plus facilement inaperçu : même les sbires de l'Ange exterminateur ne me trouveront pas.

— Bon. Alors, grimpez sur la corniche et faites-vous tout petit.

— Comment fait-on ?

— En se faisant tout petit.

Grégoire monta sur un banc, étendit les bras, effectua un rétablissement et se retrouva, un peu éberlué, debout sur un étroit rebord de pierre. Il constata, sans véritable surprise, qu'il avait diminué de moitié. Une ombre de vertige lui pesait sur l'épigastre.

— Et maintenant, dit-elle, ne bougez plus.

— Une seconde, que je puisse vous regarder.

Elle sourit.

— Vous vous sentez bien ?

— Je ne sais pas. Il me semble que je ne me sens pas du tout. Comme si j'allais m'endormir.

— C'est bien ça. Et vous vous réveillerez l'an prochain.

Il sursauta, son pied gauche faillit glisser, il se rattrapa maladroitement.

— Ne bougez donc pas tant, dit-elle.

— Comment ça, l'an prochain ?

— Le 22 mai, exactement. Nous pourrons reprendre notre conversation.

— Vous voulez dire que je ne vous verrai qu'une fois par an ?

— Oui. Mais pendant l'éternité.

— Évidemment, cela change tout.

Il y avait tout de même de la déception dans sa voix.

— Au revoir, Grégoire. A l'an prochain. Vous verrez : cela va venir tout de suite. Je suis heureuse de vous avoir près de moi.

— Attendez.

Il hésita, presque timide.

— Vous serait-il possible de savoir ce qu'est devenue Marie-Rose ?

— Oui. Je la vois dans sa cuisine, debout devant le réchaud à gaz.

— Il est allumé ?

— Il y a même une casserole dessus.

— Alors, dit-il rassuré, elle se fait du café. Elle boit du café tout le temps.

— Je ne sais pas, parce qu'elle me tourne le dos. Elle a une bosse derrière le crâne.

— Le Ciel en soit loué. Je prierai pour qu'elle la garde éternellement, la garce.

— Vous ne pouvez pas dire, ni faire cela, Grégoire. Pas ici.

— Bon : mettons jusqu'au 22 mai prochain.

Sa voix se faisait ligneuse.

— Ainsi soit-il, murmura la sainte.

Le deuxième cierge grésilla, puis s'éteignit. Une obscurité pesante, à peine roussie par la lumière de la rue qui traversait le vitrail de sainte Ursule, envahit la chapelle.

Le silence tomba sur les deux statues.

COMMENT RACONTER UNE HISTOIRE

Le mardi 25 avril 1989 (c'était la Saint-Marc, un des quatre évangélistes et, de ce fait, un des patrons des écrivains), vers 14 h 10, une élève de la classe de sixième du collège Saint-Jean leva la main et demanda :

— Comment s'y prend-on pour raconter une histoire ?

Matthieu ne s'attendait pas à cela.

— Quelle histoire ? dit-il.

— Je ne sais pas : une histoire !

— C'est que, justement, il faut savoir, parce qu'on ne raconte pas toutes les histoires de la même façon. Pour commencer, tenez : la première idée qui vous vient peut concerner une situation, ou un personnage. L'histoire se développera différemment suivant le cas. En fait, le plus souvent, on trouve les deux en même temps, parce qu'il est rare que l'un aille sans l'autre. Ensuite, il faut donner un nom à vos héros. C'est toujours assez compliqué. Comment vous appelez-vous ?

— Évelyne.

— Vous voyez : ça ne va pas. Si vous appelez un de vos personnages « Évelyne », vous écrirez forcément un jour quelque chose comme : « Il se mit à marcher, et Évelyne le suivit des yeux... » Vous vous rendez compte ? « Ché-é-é » ? Ce n'est pas possible. Remarquez, ce serait encore pire avec « Amédée », par exemple. Essayez de dire : « Il se rallia à Amédée, et hésita longtemps sur la conduite à tenir... » : « Ia-a-a », suivi de : « Dé-é-é » : c'est de la littérature pour bègues...

Matthieu continua quelque temps sur ce ton, esquivant les vraies réponses, qu'il ne connaissait pas.

Au bout d'un moment, le ciel en soit loué, on changea de sujet de conversation.

En rentrant chez lui, rue Xavier-de-Montépin, Matthieu remâchait son mécontentement.

— Je n'ai pas été, se disait-il, fichu de répondre, c'est quand même un monde, à une question somme toute innocente et simple. C'est vrai qu'il y a trente-six façons de raconter une histoire, mais enfin. Le point de départ, il y a forcément un point de départ, quel est-il ? hein ? quel est-il ?

Il traversa, en faisant des gestes, la place Ponson-du-Terrail (homme de lettres). Il donna un coup de pied malveillant à un paquet de cigarettes vide (*qui paraissait vide*), et qui glissa jusqu'au pied de la statue du littérateur.

— Le point du départ peut être vrai (vu), ou semi-vrai (lu), ou imaginé (ni vu, ni lu). Prenons un exemple. (Car il faut toujours prendre des exemples.) Un petit fait, apparemment anodin de la vie quotidienne, un événement insignifiant que personne ne devrait avoir remarqué. A partir de là, voyez-vous, l'imagination travaille.

Simon traversa la place Ponson-du-Terrail pour rentrer chez lui, rue Paul-Féval. Déjà, les marchands forains avaient replié leurs tréteaux, rangé les blouses, les vestes de coutil et les napperons, rembarqué les poissons, les tripes et les fromages. Une arroseuse municipale faisait gicler l'eau de son réservoir, chassant vers les ruisseaux les fragments de cageots, les papiers d'emballage et les épluchures.

Au milieu du terre-plein, sur la bordure de pierre qui ceinturait le monument élevé à la gloire du père de Rocambole, une jeune fille était assise, qui pouvait avoir vingt ans. Elle portait sur ses genoux, retenu par une large courroie qui entourait ses épaules, un petit orgue de Barbarie dont elle enroulait lentement la manivelle. Un air inhabituel sortait de sa boîte : le deuxième lied de *L'Amour et la vie d'une femme*, semblait-il.

Simon s'arrêta près de la musicienne.

— Vous jouez souvent ce morceau ? demanda-t-il en souriant.

La jeune fille hocha la tête de haut en bas.

— C'est curieux d'entendre une œuvre de Schumann sur un orgue de Barbarie.

Elle haussa les épaules, sans cesser de moudre.

— Vous en avez d'autres du même genre ?

Elle agita le chef de gauche à droite.

— Dommage, murmura Simon.

Il écouta encore une minute. Il fouilla dans ses poches, à la recherche d'une improbable pièce de dix francs. (Il avait introduit la dernière dans un parcmètre une heure avant.) Il la trouva cependant. Il s'aperçut alors que la joueuse d'orgue ne semblait pas faire appel à la charité publique : ni chapeau, ni sébille, ni main tendue.

Il rempocha sa pièce, qui tinta contre une seconde. Il les sortit toutes les deux et les considéra. C'étaient des Roland-Garros. Elles brillaient comme des sous neufs. Il rempocha ses pièces qui tintèrent contre une troisième.

Un peu troublé, Simon s'éloigna.

Matthieu tourna à droite dans l'avenue Jules-Verne. Un soleil maladif brillait. Malgré la température encore printanière, les patrons d'estaminets avaient sorti des tables sur le trottoir, où quelques consommateurs buvaient en frissonnant un apéritif prématuré.

— Je sais : l'imagination ne travaille pas dans n'importe quelle direction. Le type qui se trouve le siège de cette modeste, mais cependant curieuse, alchimie va défendre ses goûts, ses aversions, ses apprentissages, ses amours, ses phobies, ses travers : il va pousser dans un certain sens tout ce petit monde qui naît, qui prend forme et qui s'agite sous sa plume. Si l'un tire un couteau de sa poche, et l'autre une pièce de cent sous, c'est bien parce que *son auteur* l'aura voulu. Pour ma part, je déteste les porteurs de couteaux, voyez-vous. Vous pouvez m'en faire le reproche, tant pis : je n'essaierai pas de me corriger.

La terrasse du *Cynthia*, avenue Jules-Verne, était à demi pleine. Un jeune couple et un enfant de six ans occupaient la dernière table, à gauche. Les deux adultes buvaient de la bière (panachée pour la dame), et le plus jeune un liquide vert, au moyen d'un chalumeau bariolé. A un mètre de là, debout dans l'encoignure d'une porte cochère, la joueuse d'orgue moulinait sa manivelle.

Simon l'aperçut avec une certaine surprise : comment avait-elle pu arriver avant lui ? Il n'avait pourtant pas fait le grand tour. Une table était libre, pas loin. Il s'y assit et commanda un mandarin-citron.

Cette fois, l'orgue chevrotait une valse lente de Maurice Jaubert : c'était plus en situation. En attendant son apéritif, Simon jeta un coup d'œil nonchalant sur ses voisins. L'enfant s'escrimait sur sa paille en gonflant les joues. Au bout d'un moment, il lâcha son verre et le considéra avec une attention suspicieuse, puis tourna vers ses parents un regard inquiet : sauf erreur, le niveau du liquide émeraude ne baissait pas.

— D'ailleurs, poursuivait Matthieu en faisant toujours des gestes, la plupart des idées s'envolent.

Il passa devant la poste de la rue Louis-Desnoyers sans regarder autour de lui.

— Quand on a la chance d'en suivre une, c'est parce qu'elle s'est alourdie, chargée de brume ou de pluie, et qu'elle rase les murs.

Il jeta un coup d'œil vers le ciel (toujours aussi clair), ce qui le fit trébucher.

— Au fond, je pourrais dire que les idées sont comme les cerceaux que nous poussions quand nous étions enfants. On les dirige à la baguette, on les fait tourner à droite ou à gauche, selon notre humeur. On peut même les obliger, à coups de trique, à remonter une pente. Et puis vient un accident de terrain que l'on n'avait pas aperçu, et les voilà qui échappent à notre volonté, à nos désirs. Mais rien ne nous empêche alors de les laisser choir et d'aller en chercher d'autres. Des idées, on en a plein les yeux, plein les mains, plein la bouche.

La troisième fois que Simon rencontra l'organiste, ce fut à proximité du bureau de poste de la rue Louis-Desnoyers. Elle était assise sur le banc rustique de l'abribus et paraissait observer avec curiosité un camelot qui, de l'autre côté de la rue, vantait les mérites d'une nouvelle marque de lessive.

Simon s'approcha d'elle et faillit lui adresser la parole, mais elle ne semblait pas le voir. Au bout de quelques secondes, elle saisit la manivelle de son instrument et se mit à l'actionner, avec un geste gracieux du poignet. Une polka 1930, vive et légère, jaillit de la caisse en bois.

Au même instant, des cris d'admiration et des rires éclatèrent de l'autre côté de la rue. Simon leva machinalement les yeux et ne fut pas véritablement surpris en découvrant que, chaque fois qu'il ouvrait le bec, le marchand de poudre à laver laissait s'envoler des bulles de savon.

— Ensuite, se dit Matthieu, ensuite, on développe l'histoire en passant tout simplement d'une idée à l'autre, par un enchaînement de causes et d'effets.

Par une fenêtre ouverte sur une chambre d'enfant, il aperçut, assis près d'une table basse, un garçon d'une douzaine d'années qui mettait la dernière main à un chemin de dominos. Il y en avait bien une cinquantaine. Le bâtisseur faisait des gestes très lents et paraissait prodigieusement absorbé par cette tâche minutieuse.

Matthieu s'arrêta. Son ombre se dessina sur le tapis de la chambre. L'enfant leva la tête et lui sourit, puis, d'une pichenette délicate, poussa le premier domino. Toute la file s'ébranla, dans un froissement d'os.

Matthieu fit un clin d'œil admiratif et s'éloigna.

— C'est le principe du cerceau : on le dirige vers la voie la moins raboteuse, la plus lisse, et l'on n'a plus qu'à pousser. C'est une pure question de travail, il suffit de savoir le faire. On peut même choisir des trajectoires différentes, au départ : réaliste, tendre, fantastique, burlesque, terrifiante. Le difficile est de ne pas quitter, en cours de route, le genre que l'on a choisi. Non : on a le droit de préparer des cocktails, aussi. Mais je veux dire : il ne faut pas tricher, tirer un lapin de sa poche au dernier moment.

Matthieu soupira.

— Les bandits, murmura-t-il. Les chenapans. Mais où vont-ils chercher tout ça ?

Simon aperçut la joueuse d'orgue trois fois encore : au coin de l'ancienne halle aux grains, siège actuel de l'Office du tourisme (d'une borne d'incendie à l'ancienne, plantée sur le trottoir non loin de là, s'élevait une fumée bleutée, légère et qui sentait bon le bouleau brûlé) ; en train de traverser le parvis de la basilique (à première vue, les alentours n'en étaient point troublés) ; puis à proximité de la bibliothèque municipale, rue Achille-Chavée (un affreux rat coiffé d'une casquette en jaillit, poursuivi par un affreux chat revêtu d'une liquette à fleurs ; ils disparurent par le soupirail d'une cave voisine).

Il y eut cependant une septième fois : quand Simon arriva devant sa porte, rue Paul-Féval, la jeune fille s'y trouvait déjà. Elle jouait une romance plaintive, qui ressemblait à du Delmet. Simon s'approcha d'elle.

— Vous m'attendiez ? demanda-t-il doucement.

Elle hocha affirmativement la tête.

Il tira une clé de sa poche. Celle-ci s'échappa de ses doigts, pénétra dans la serrure et la porte s'ouvrit. Simon soupira.

— Entrez, dit-il.

Elle le suivit.

Simon habitait une maison étroite, qui s'élevait sur trois niveaux, avec deux pièces par étage. Au rez-de-chaussée, il s'était installé un vaste bureau où il passait la plus grande partie de son temps.

— Asseyez-vous, fit-il encore.

Du côté opposé à la rue, une porte-fenêtre donnait sur un petit jardin que l'herbe envahissait.

La jeune fille posa son instrument par terre

et se percha timidement sur le bord d'une chaise.

— Que puis-je faire pour vous ? demanda Simon.

Elle le regarda sans répondre.

— Vous ne pouvez pas parler ?

Elle fit « non » de la tête.

— Mais vous m'entendez ?

Elle fit « oui ».

— Oui. Bien sûr. Savez-vous écrire ?

« Oui. »

— C'est toujours ça, murmura Simon.

Il se dirigea vers une table encombrée, y prit un crayon qui traînait, un bloc de papier, et les tendit à sa visiteuse.

— Expliquez-vous.

Elle hésita pendant quelques secondes puis, d'un air décidé, se mit à écrire.

D'une main hésitante, Matthieu se mit à écrire.

Sous ses yeux, de l'autre côté de la fenêtre, un vieux pommier couvert de lierre s'apprêtait à fleurir.

— Il faut en sortir, pensait-il, de l'histoire. On peut imaginer n'importe quoi, il n'y a pas de limites, sauf celle-ci : comment vais-je me tirer de là ? Parfois, l'on n'y parvient plus, parce que l'on s'est fourvoyé dans un inextricable lacis d'aventures ou d'interrogations. Alors, il vaut mieux abandonner.

Un pic-épeichette, la tête rouge et le corps moucheté de noir et blanc, se posa sur la plus haute branche du pommier, aiguisa son bec et piqueta violemment l'écorce délabrée.

— Quelque chose d'inattendu peut survenir, bien sûr. A condition que ce soit dans la logique des choses.

Matthieu se caressa le menton de la main gauche : ça crissait, il ne s'était pas assez bien rasé le matin.

— La logique des choses ! Les choses ont-elle vraiment une logique, en dehors de celle que croit apercevoir le raconteur d'histoires ?

Juste à ce moment, la porte de son bureau s'ouvrit, sur sa droite. Une jeune fille entra, plutôt grande, mince et brune, avec un visage allongé, une bouche pulpeuse et des yeux gris-bleu. C'était la joueuse d'orgue de Barbarie, sans son orgue. Elle avait enfilé une jupe et un chandail, et elle souriait.

— Maintenant, il veut m'épouser, dit-elle. C'est curieux, tu ne trouves pas ?

— Non, dit Matthieu. Enfin, je ne sais pas. Et toi, qu'est-ce que tu en penses ?

Elle haussa les épaules dans un geste dubitatif.

— Il me semble que tout cela est allé un

peu vite. Il doit me manquer un élément quelque part.

— Oui, qu'il manque quelque chose, c'est à peu près certain. Mais où ? Et quoi ?

— Remarque, il ne me déplaît pas. Il n'est pas très beau, mais il a l'air gentil. Comme toi, au fond. Tu ne crois pas ?

— N'exagérons rien, grommela Matthieu.

La jeune fille leva les yeux vers le plafond et resta un moment pensive.

— Pas tout de suite, tout de même, murmura-t-elle.

Il eut un rire attendri.

— Non : pas tout de suite. Mais c'est une idée, en effet. Une idée que je n'avais pas eue. Il y a beaucoup d'histoires qui finissent par un mariage. Ce ne sont pas les plus mauvaises. En général, cela fait plaisir à tout le monde. Et moi, j'aime beaucoup faire plaisir aux gens.

— Je le sais, dit la demoiselle.

Au sommet du pommier, l'oiseau lança un caquètement rageur, battit des ailes et s'envola vers d'autres aventures.

Cette histoire avait bien l'air de vouloir se terminer comme ça.

Le violoncelliste amoureux 9
Le mouvement perpétuel 21
D'une prison 33
Orages sur l'ensemble du front 53
L'eau et le vin 61
Au cœur de la forêt 71
Le mage du XXe arrondissement 91
La maison sur le causse 109
Gauloises avec philtre 131
Suspension de séance 143
Demi-deuil 163
Une cause désespérée 185
Comment raconter une histoire 209

Achevé d'imprimer en avril 1990
sur les presses de l'imprimerie Guéniot
à Langres (Haute-Marne)

— N° d'imprimeur : 1853. —
— N° d'éditeur : 32669. —
Dépôt légal : mai 1990